說出好聽力

英語力UP! ↑

附 MP3

Say it right!

> It's my turn.
> 換我了。

> Break a leg!
> 祝你好運！

人氣名師

趙御筌／著

笛藤出版
Dee Ten Publishing

感 謝

　　這本書能順利出版，首先感謝我所有的學生。謝謝他們，用愛與關心成就了一位願意為了他們更精進的老師。

　　謝謝威斯康辛州麥迪遜大學 Prof. Charles T. Scott 與 Prof. Sandra Arfa 的肯定與愛心，為我點燃對學習的熱愛及努力不懈的動力。李美華教授的提攜與愛護，使我深深體會到教書不只是一種「職業」，更是一種「志業」。

　　感謝笛藤出版社與RMS律動國際的鼎力相助，為我開啟了一個全新學習與開發自我的機會；感激子毅、立芳、慧瑄及慧芳等工作夥伴，他們的教育熱忱與專業給了我一個可以全力衝刺與付出的生命舞台。

　　心中最溫暖的感謝，要獻給一路扶持我、愛護我的媽媽，您的勇敢與智慧是我的驕傲。謝謝我美麗、才氣縱橫的妹妹，Gabrielle，for her love and vision。謝謝 Harry，my soul mate，for showing me the silver linings。謝謝天使般的 Hermes and Ginger 給予的溫暖與愛，也謝謝我的 best pals－敬華跟心羚永遠不變的關心與相信；Jessie, Wenge, and Hanh Ngyuen for always being there for me and loving me.

　　最後，僅以這本書獻給我摯愛的爸爸，who will always be my inspiration。希望我的努力不僅榮耀了他，更能圓滿許多父母對兒女在學習路上的殷殷期望。

趙御筌

前言

其實同學們是真的很認真的看待英文學習這件事的。先撇開我們在亞洲地區令人沮喪的托福成績排名不說，聽說讀寫四個面向的測驗裡，一想到就讓大家頭大的，首推聽力。

然而，真的是我們不夠用功嗎？哪一個同學沒有過抱著單字本猛K的經驗？明明都背過的字，美國人一唸出來，感覺起來還是超級陌生；很多人都建議，聽力要進步，就是要「多聽」－於是許多認真的同學紛紛卯起來猛聽；但聽懂的，還是只有教學音檔上有的內容；只要單字一重組，換個速度或口音稍稍不同的speaker，我們微薄的聽力馬上又面臨了空前的挑戰…這麼低微的投資報酬率叫我們K起書來何以為繼？

在我教過的所有優秀考生中，有一位同學的高分心得，一語道破了所有想快速提升英文聽力程度的台灣同學共同的盲點：當被問到，他的聽力是如何有如此優異的表現時，他說「聽力長在嘴巴上」－這是他在備考過程中，深深領悟到的心得。老師聽了，心中真是有說不出的興奮！又多了一個真正懂得增強英文聽力之道的同學了！沒有正確的方式，就算是日日夜夜的 push 自己，等捷運時聽著教學音檔昏昏欲睡，「見樹不見林」的練習方式，只能讓我們熟悉隻字片語，而無法抓住語音變化的原則，舉一反十！而「聽力長在嘴巴上」這句話，真的點出了聽力要好的治本之道！人的耳朵在聽音瞬間能立即辨識的，一定跟自己的認知裡頭的發音是最接近的；因此，要聽得懂之前，一定要先說得標準。

事實上，人類的大腦所能 process 的語言質量遠遠超乎我們的想像，類比與創造的功能就算最高階的電腦，也無法等量copy。試問有哪一本書或字典涵蓋得了人類的所有意念？可惜的是，大多數的台灣學生習慣不知所以然地聽著教學音檔，缺乏系統性的提綱挈領，無法迅速掌握發音規則的學習方式；那麼，再怎麼聽，會的還是那幾句，實在太浪費了每個人都有的、能學習任何語言的內在機制－先模仿發音、再進行辨音與類比、進而創造與延伸的強大本能！

《英語力up！說出好聽力－Say It Right》這本書跟同類型書籍最大的不同在於，每一個變音規則都是以國人最明確易懂的解析方式來歸納舉例，並立即佐以TOEFL、TOEIC及英檢等各類英文測驗中同學們最易誤聽的組合做即時的矯正。語音解析方面，沒有抽象難懂的舌位口型圖片，善用我們原有的母語做聯想與延伸；除了中文外，本書還利用了發音部位不輸給英文的台語來做類比練習；充分利用我們原有的發音機制，來運作不同的語言中相同的語音。

在MP3的輔助方面，也擺脫了一直線式、照本宣科的朗讀方式。以慢速、拉長、不中斷連音的模式，讓同學以最舒服的方式熟悉所有乍聽之下陌生的變音音組，再以正常的談話速度，順利地帶領同學們進入最高速的發音模式。如果能循序漸進，本書所介紹的所有變音作用規則，不僅能讓你的發音脫胎換骨，也能進而讓你在面對美國人時，背過的單字，字字在聽音的瞬間，立即做出原字音義的整合！

這是每一個有心想在最短時間、用最正確的方式、一次解決發音與聽力解析的同學們一定不能錯過的心得之作！更是給想要迅速補強聽力基礎，以投入各類英文備考同學們所必讀的跳版課程！

翻開 Chapter One，用對的方式，為了你自己，確實地做完每一個習題。一星期後的你會很高興自己真的 "did the right things at the right time!" 因為你已經懂得只有 "say it right"，才能 "listen smart" 的樂趣！

趙御筌

🐶 目次 😀

Chapter 4 只要"Say it right"
天天都能"Listen smart"

Chapter 1

令人混淆的KK音組
一次解決

全新的開始
音標總覽

母音 vowel　🔊 001

[i]	key	[ə]	around	[o]	road
[I]	fit	[ʌ]	luck	[ə]	mall
[e]	great	[ɝ]	bird	[ɑ]	God
[ɛ]	met	[ɚ]	butter	[ɔɪ]	toy
[æ]	apple	[u]	food	[aɪ]	pie
		[U]	put	[aʊ]	flower

子音 consonant 🔊002

[p]	park	[s]	sun	[m]	mom
[b]	ball	[z]	zoo	[n]	neat
[t]	tell	[θ]	bath	[ŋ]	sing
[d]	door	[ð]	those	[h]	home
[k]	care	[ʃ]	shine	[l]	like
[g]	God	[ʒ]	usual	[r]	real
[f]	feel	[tʃ]	teach	[w]	win
[v]	very	[dʒ]	orange	[j]	yeast

2 母音與類母音

[i]

對應字母 ea ee e-子-e

⚠ 發音訣竅

放輕鬆,唸出「1、2、3、4 …」的「1」就行了!

💬 聽得懂 · 唸得對 🔊 003

- beat
- deal
- seal
- bead
- deep
- seat
- bean
- leak
- wheat
- cheap

✏ 趙老師的叮嚀

請忘了國中時我們都有的回憶。唸 [i] 非關長短音,不需要拉長聲音、也不一定要唸成國語的四聲「義〜」。口型舌位對了,就一切搞定。

[I] 對應字母 i 子-i-子

⚠ 發音訣竅

1. 要一次學會[I]大概是台灣同學初期會覺得最頭痛的音了。在跟[i]做比較時，很多同學傾向認為它是「短音」。 然而，這麼想的話會有一些邏輯上的問題－－「短音」的[I]要多短才算夠短？

2. 要一次學會[I]的發音，最方便的「輔助工具」，其實垂手可得。同學們可以準備一顆糖果（大小比能「保護眼睛、鞏固牙齒的康喜x鈣」大一點點就可以了）含在舌上，再發發看[i] …聽起來跟[i]雖然還是有些像，但是發音的時候，口腔裡的位置一直被撐開著，以致於聽起來有一點點「大舌頭」的感覺！其實，正因為這顆糖的輔助，使你的舌頭位置比發[i]掉下來了一些些！就是這微小的空間，造成[I]跟[i]在聽覺上最大的差別，也是同學們在聽力測驗時最容易誤聽失分的盲點。趁糖果還沒化，多唸幾次！記得舌頭一定要硬ㄍㄧㄥ在一開始的位置喔。

💬 聽得懂 • 唸得對 🔊004

CD 中，每個單字唸二次，第一次是正確版本，第二次是錯誤版本。音標前有標示✕號者是錯誤發音，同學們請仔細比較喔！

■ **big** [bɪg]／✕[big]　　　■ **bit** [bɪt]／✕[bit]

■ **hit** [hɪt]／✕[hit]　　　■ **it** [ɪt]／✕[it]

■ **sit** [sɪt]／✕[sit]

15

[j] 對應字母 y在字首

⚠ 發音訣竅

[j] 同學們普遍容易唸成 [i+さ]，其實這跟真正的 [j] 是不太一樣的。唸 [j] 的時候，舌頭維持水平，然後上升，開始口型與舌位都像是唸 [i]。但 [j] 之所以特別，在於我們發音時，一唸完 [i]，舌頭後方要往上摩擦喉嚨入口處前方的肌肉。這種摩擦的感覺，是不是很像我們用台語說「嘉義」中的「義」呢？磨擦動作完成後，輕輕鬆開，發出「さ」，一個漂亮的 [j] 就從你的口中吐出來了！

🔊 聽得懂・唸得對 🔈005

CD 中，每個單字唸二次，第一次是正確版本，第二次是錯誤版本。

- **year** [jɪr]／✕[ɪr]
- **yeast** [jist]／✕[ist]
- **your** [jur]／✕[iur]
- **yogurt** [jogɜt]／✕[iogɜt]

✏ 趙老師的叮嚀

雖然 [j] 跟 [i] 這兩個音乍聽之下不是很好判別，但它們最大的不同，就是在摩擦後產生的那種聽起來黏黏的聲音 —— 那是 [j] 獨有的特質。只要把握這個原則，同學們多比對幾次上面錯誤與正確的讀法、並且跟著唸，那麼，再小的差別也可以聽得一清二楚！

[j] 與 [w] 雖然在音的屬性裡被歸納在子音的範疇，但發音方式與音的質量卻接近母音。[j] 與 [w] 在語言學裡被稱為 "semi-vowels" 或 "glides"；中文則譯為類母音／半母音／滑音。之所以會選擇類母音的稱呼，主要是考慮到，在許多美式發音規則裡，[j] 與 [w] 的功能比較類似真正的母音，使用「類母音」這個名稱，對同學們理解後面章節中的音變作用比較有幫助哦。

Exercise 1 [i]、[ɪ]、[j] 聽音比對練習 ◀:006

1. Who put the ___ in the ___?
    beans / bins
    [binz] / [bɪnz]

2. The ___ looks ___.
    eel / ill
    [il] / [ɪl]

3. ___ loves ___.
    Jean / gin
    [dʒin] / [dʒɪn]

4. The dog is ___ the ___ faucet.
    leaking / licking
    [likɪŋ] / [lɪkiŋ]

5. I bought a ___ computer ___.
    cheap / chip
    [tʃip] / [tʃɪp]

6. To laugh on a crime ___ is a ___.
    scene / sin
    [sin] / [sɪn]

7. The ___ ___ the South hard last summer.
    heat / hit
    [hit] / [hɪt]

8. Please bring me a little ___ of ___.
    beet / bit
    [bit] / [bɪt]

9. The ___ is kept in a barrel of the ___ wing.
    east / yeast
    [ist] / [jist]

10. The boy hasn't washed his ___ for two ___.
    ears / years
    [ɪrz] / [jɪrz]

Answer Key

1. beans, bins	2. eel, ill	3. Jean, gin
4. licking, leaking	5. cheap, chip	6. scene, sin
7. heat, hit	8. bit, beet	9. yeast, east
10. ears, years		

1. 誰把豆子放到箱子裡的？

2. 這隻鰻魚看起來病懨懨的。

3. Jean愛喝琴酒。

4. 小狗在舔著那個漏水的水龍頭。

5. 我買了一個很便宜的電腦晶片。

6. 在犯罪現場笑是不道德的。

7. 去年夏天南部遭受到嚴重的熱浪侵襲。

8. 請帶一點甜菜來給我。

9. 酵母存放在東側大樓的桶子裡。

10. 這個小男生已經兩年沒洗過耳朵了。

[ɛ]　對應字母 e 子-e-子

(!) 發音訣竅

跟注音符號中的「ㄟ」唸法一模一樣。

(💬) 聽得懂・唸得對 (◀ 007)

- bet
- let
- met
- pen
- edge
- test
- west
- cellar
- trend
- cent

> ✏️ 趙老師的叮嚀
>
> 放鬆說出「ㄟ」真的就OK了，嘴巴ㄍㄧㄥ太大反而會太像 [æ] 喔。

[e]　對應字母 ai ay a-子-e

(!) 發音訣竅

　　其實這個音是由兩個音合成的喔 →[ɛ]+[i]。同學們試著把這兩個音用快速唸唸看！

(💬) 聽得懂・唸得對 (◀ 008)

- age
- bake
- bait
- play
- rain
- saint
- pain
- train
- taste

台灣同學常把 [e] 誤唸成 [ɛ]。如果 [e]= [ɛ]＋[i]，只唸 [ɛ] 那不就只唸到了這個等式的1/2嗎？所以唸 [e] 音，一定要強迫自己唸完了 [ɛ]，就馬上唸出 [i] 來！否則，聽你唸這個音的外國人會覺得你在考他聽力。

[æ] 對應字母 a 子-a-子

⚠️ 發音訣竅

這個音的唸法也可以寫成一個等式[ɛ]＋[ɑ]。唸唸看，速度越快越自然喔！

💬 聽得懂・唸得對 🔊 009

■ apple　■ bag　■ band　■ cattle

■ expand　■ pan　■ ran　■ rat

唸對時，聽起來跟快速唸台語的「鞋子」這個字是一樣的。同學們切記再快也一定要唸出等式中的 [ɑ]，這個音才算perfect。

Exercise 2　[ɛ]、[e]、[æ]　聽音比對練習　（◀ 010）

1. I want to give ___ some ___.
Brad / bread
[bræd] / [brɛd]

2. They ___ me to put some coins in their ___.
bag / beg
[bæg] / [bɛg]

3. Why did you put the ___ in the ___ ?
pan / pen
[pæn] / [pɛn]

4. The ___ is drinking water from the ___ .
cattle / kettle
[kætl̩] / [kɛtl̩]

5. The bird is ___ing that ___ of cookies.
pack / peck
[pæk] / [pɛk]

6. That ___ shirt makes you look ___.
flashy / fleshy
[flæʃɪ] / [flɛʃɪ]

7. I ___ the fish will take the ___.
bait / bet
[bet] / [bɛt]

8. The ___ is locked in the ___.
sailor/ cellar
[selɚ] / [sɛlɚ]

9. ___ the ___ student sit in the front row.
late / let
[let] / [lɛt]

10. We ___ in the ___.
rain/ran
[ren] / [ræn]

—— **Answer Key** ——

1. Brad, bread　　2. beg, bag　　3. pen, pan

4. cattle, kettle　5. peck, pack　6. flashy, fleshy

7. bet, bait　　　8. sailor, cellar　9. Let, late

10. ran, rain

1. 我想給 Brad 一點麵包。

2. 他們求我在袋子裡丟一點零錢。

3. 你幹嘛把筆放在鍋子裡呢?

4. 牛隻喝著水壺裡的水。

5. 小鳥在啄著那袋餅乾。

6. 那件亮晶晶的襯衫你穿起來顯得有點胖。

7. 跟你賭那隻魚一定會上鉤。（take the bait = 吃餌）

8. 水手被關在地牢裡。

9. 請讓遲到的同學坐在前排。

10. 我們在雨中奔跑。

[ɑ]   對應字母 ○ 子-o-子

ⓘ 發音訣竅

放輕鬆、張大嘴,說「啊～」就對了!

🗨 聽得懂・唸得對 🔊011

■ cop   ■ flop   ■ lock   ■ mop   ■ pocket

■ socket   ■ wok

[ʌ]   對應字母 U 子-U-子

ⓘ 發音訣竅

這個音台灣同學容易誤唸成 [ɑ]。唸 [ʌ] 這個音,其實只要輕輕把嘴張開、先說 [ɑ]、然後嘴型 hold 住,不要變小,唸出國語「肚子餓」的「餓」。多唸幾次,感覺一下…真的聽起來跟 [ɑ] 完全不一樣。

🗨 聽得懂・唸得對 🔊012

CD中,每個單字唸二次,第一次是正確版本,第二次是錯誤版本。

■ **but** [bʌt]／✕[bɑt]　　■ **buck** [bʌk]／✕[bɑk]

■ **nut** [nʌt]／✕[nɑt]　　■ **mother** [mʌðɚ]／✕[mɑðɚ]

■ **tummy** [tʌmɪ]／✕[tɑmɪ]

1. Scott found two ___ in the ___.
    bucks / box
    [bʌks] / [bɑks]

2. I didn't know you could ___ faster than ___.
    run / Ron
    [rʌn] / [rɑn]

3. Girls love the ___ of the shirt's ___.
    color / collar
    ['kʌlə] / ['kɑlə]

4. ___ has a big ___.
    tummy / Tommy
    [tʌmɪ] / [tɑmɪ]

5. Mr. ___ is an excellent golf ___.
    putter / potter
    [pʌtə] / [pɑtə]

Answer Key

1. bucks, box   2. run, Ron   3. color, collar

4. Tommy, tummy   5. Potter, putter

習題中譯

1. Scott 在盒子裡找到了兩塊錢。

2. 我不知道你跑得比 Ron 還快呢。

3. 很多女孩子喜歡這件衣服領子的顏色。

4. Tommy 的肚子很大。

5. 波特先生的高爾夫球推桿技巧很高超。

[u] 對應字母 oo U-子-e

⚠ 發音訣竅

輕輕張嘴說出注音「ㄨ」就行了！不需刻意拉長或唸大聲。

💬 聽得懂・唸得對 🔊 014

■ blue ■ mood ■ roof ■ rumor ■ super

[U] 對應字母 oo

⚠ 發音訣竅

　　或許你覺得 [U] 跟 [u] 唸法很像，其實差別頗明顯。它們的相同之處是，都先要唸出注音的「ㄨ」；但 [U] 聽起來會像台語「鬱卒」中的「鬱」，而不是「烏龜」的「烏」（[u]）。

💬 聽得懂・唸得對 🔊 015

CD 中，每個單字唸二次，第一次是正確版本，第二次是錯誤版本。

■ **foot** [fʊt]／✕[fut]　　　■ **full** [fʊl]／✕[ful]

■ **pull** [pʊl]／✕[pul]　　　■ **look** [lʊk]／✕[luk]

> ✏ 趙老師的叮嚀
>
> 　　國中時老師常說 [u] 是「長音」，[U] 是「短音」。當時覺得很困惑，到底要唸多長才算長？直到去了國外，從美國人日常生活對話中發現，這兩個音真的很不一樣！它們的差異點不在「長短」，而

是在結尾時，嘴唇的張開大小！那時才領悟到，"food" 跟 "foot" 的差別不只是在可食用與否，更不只在字尾的子音，它們其實聽起來很不一樣。

Exercise 4　[u]、[ʊ]　聽音比對練習　🔊 016

1. Don't put your ___ near the ___ .
food / foot
[fud] / [fʊt]

2. They ___ed the boy out of the ___ .
pool / pull
[pul] / [pʊl]

3. What did ___ ___ at?
Luke / look
[luk] / [lʊk]

4. All the ___s are ___ .
fool / full
[ful] / [fʊl]

5. ___ wear the ___?
Who'd / hood
[hud] / [hʊd]

─────────── **Answer Key** ───────────

1. foot, food　　　　2. pull, pool　　　　3. Luke, look
4. fool, full　　　　5. Who'd ,hood

─────────── **習題中譯** ───────────

1. 不要把腳放在食物附近。

2. 他們把男孩從池子裡拉上來。

3. Luke剛剛在看什麼?

4. 所有的傻瓜都吃飽了。

5. 誰戴著帽子?

[ɔ] 對應字母 al au aw

ⓘ 發音訣竅

這是一個我們一張口就可以唸對的音－只要說「ㄛ」就對了。（真的很容易「喔」…）

💬 聽得懂・唸得對 🔊 017

■ raw　　■ flaw　　■ ball　　■ call　　■ mall

■ prawn　　■ spawn　　■ august

[o] 對應字母 o-子-e oa ow oo

ⓘ 發音訣竅

要唸好這個音，請確實唸出這個等式 [o]= [ɔ]＋[u]。如果結尾音沒聽到 [u]，那跟 [ɔ] 不就沒兩樣嗎？

💬 聽得懂・唸得對 🔊 018

CD 中，每個單字唸二次，第一次是正確版本，第二次是錯誤版本。

■ **coat** [kot]／✗[kɔt]　　　　　■ **post** [post]／✗[pɔst]

■ **mode** [mod]／✗[mɔd]　　　　■ **Polo** [polo]／✗[pɔlɔ]

■ **studio** [studɪo]／✗[studɪɔ]　■ **slowly** [slolɪ]／✗[slɔlɪ]

1. The ___ Jeffery ___ is new.　　boat / bought
　　　　　　　　　　　　　　　　　[bot] / [bɔt]

2. That ___ player is very ___.　　bold / bald
　　　　　　　　　　　　　　　　　[bold] / [bɔld]

3. The ___ booth is quite ___.　　toll / tall
　　　　　　　　　　　　　　　　　[tol] / [tɔl]

4. I need to make a ___ to order some ___.　　coal / call
　　　　　　　　　　　　　　　　　[kol] / [kɔl]

5. The ___ in the ___ aren't for sale.　　bowls / balls
　　　　　　　　　　　　　　　　　[bolz] / [bɔlz]

Answer Key

1. boat, bought	2. bald, bold	3. toll, tall
4. call, coal	5. balls, bowls	

習題中譯

1. Jeffery買的船是新的。

2. 那個禿頭的特技人員很大膽。

3. 那個收費站很高。

4. 我得打電話去訂一些木炭。

5. 碗裡的球是非賣品。

[aɪ]
對應字母　i-子-e　igh　ie

⚠ 發音訣竅

[aɪ] 聽起來就跟中文的「愛」這個字一模一樣。

💬 聽得懂‧唸得對　◀ 020

■ buy　■ kite　■ fly　■ mice　■ smile
■ tile　■ wild

[ɔɪ]
對應字母　oi　oy

⚠ 發音訣竅

跟中文注音的「ㄛㄧ」一模一樣。{ɔɪ} 雖然是由兩個母音組成，記得還是要儘量唸快一點，聽起來才像同一個單位喔。

💬 聽得懂‧唸得對　◀ 021

■ boy　■ roy　■ soy　■ toy　■ moist
■ spoil　■ foil　■ oink

[au]
對應字母　ow　ou

⚠ 發音訣竅

這個雙母音非常容易，跟「ㄠ」唸的方式是完全相同的。

💬 聽得懂‧唸得對　◀ 022

■ cow　■ how　■ flower　■ shower
■ rouse　■ spouse　■ found　■ mount

[aɪ] vs. [aʊ] 請聽 CD 並選填出正確答案。

1. ___. The paper is bond / bound.

[bɑnd] / [baʊnd]

2. ___. These are the brochures from the Student consul / council.

['kɑnsl̩] / ['kaʊnsl̩]

3. ___. She covered her moth / mouth with her handkerchief.

[mɔθ] / [maʊθ]

4. They threw one ___ of meat into the ___.   pound / pond

[paʊnd] / [pɑnd]

5. Ron cleaned the ___ with the ___.   tile / towel

[taɪl] / [taʊl]

Answer Key

1. bound   2. council   3. mouth

4. pound, pond   5. tile, towel

習題中譯

1. 文件裝訂好了。

2. 這些是學生會的小冊子。

3. 她用手帕遮住嘴巴。

4. 他們把一磅的肉扔進池塘裡。

5. Ron 用毛巾清除瓷磚上的污垢。

[ɪ] vs. [aɪ] 請依聽到的順序填入答案。

6. The shark's ___s are ___.　　　　　　　　　　fine / fin
　　　　　　　　　　　　　　　　　　　　　　　[faɪn] / [fɪn]

7. The farmer ___ when he ___.　　　　　　　grinds / grins
　　　　　　　　　　　　　　　　　　　　　[graɪndz] / [grɪnz]

8. There's a ___ on the ___ tree.　　　　　　　pine / pin
　　　　　　　　　　　　　　　　　　　　　　[paɪn] / [pɪn]

9. How would you ___ if they stole your ___?　file / feel
　　　　　　　　　　　　　　　　　　　　　　[faɪl] / [fil]

10. I'd like some ___ ___ for a change.　　　　pie / pea
　　　　　　　　　　　　　　　　　　　　　　[paɪ] / [pi]

Answer Key

6. fin, fine　　　　　7. grins, grinds　　　　8. pin, pine

9. feel, file　　　　　10. pea, pie

習題中譯

6. 那隻鯊魚受傷的鰭現在沒事了。

7. 農夫在磨粉的時候笑了。

8. 在松樹上有一只別針。

9. 如果你的檔案被他們偷走了你會做何感想?

10. 我想吃些豆子派換一下口味。

3 辨音總體檢 母音

I. 英測複考率高的相似音：　🔊024

請跟著 CD 讀一次，然後寫出 CD 第二次所唸的單字。

1. beater [bitɚ] - bitter [bɪtɚ] - feast [fist] - fist [fɪst]

2. feet [fit] - fate [fet] - litter [lɪtɚ] - later [letɚ]

3. scene [sin] - sane [sen] - Neil [nil] - nail [nel]

4. bill [bɪl] - bell [bɛl] - miss [mɪs] - mess [mɛs]

5. win [wɪn] - when [hwɛn] - listen ['lɪsn̩] - lesson ['lɛsn̩]

6. band [bænd] - bend [bɛnd] - cattle [kætl̩] - kettle [kɛtl̩]

7. pan [pæn] - pen [pɛn] - bag [bæg] - beg [bɛg]

8. late [let] - let [lɛt] - saint [sent] - sent [sɛnt]

9. age [edʒ] - edge [ɛdge] - **trained** [trend] - **trend** [trɛnd]

10. add [æd] - odd [ɑd] - **bag** [bæg] - **bog** [bɑg]

11. sock [sɑk] - suck [sʌk] - **box** [bɑks] - **bucks** [bʌks]

12. golf [gɑlf] - gulf [gʌlf] - **collar** [kɑlɚ] - **color** [kʌlɚ]

13. boat [bot] - bought [bɔt] - **show** [ʃo] - **Shaw** [ʃɔ]

14. toll [tol] - tall [tɔl] - **mole** [mol] - **mall** [mɔl]

15. like [laɪk] - lake [lek] - **right** [raɪt] - **ray** [re]

--------- **Answer Key** ---------

1. beater , fist   2. feet , later   3. scene , Neil

4. bill , miss   5. win , listen   6. bend , cattle

7. pan , beg   8. let , saint   9. edge , trend

10. add , bog   11. suck , box   12. golf , color

13. boat , Shaw   14. toll , mole   15. lake , ray

II.   🔊 025

1. 請注意劃線部份的單字母音，若是正確發音，請在欄內打勾（會先朗讀
   一次單字正確發音）。
2. 再次播放 CD，跟著正確版本 repeat。

☐ 1. Please <u>sit</u> down.
       [sɪt]

☐ 2. The <u>scanner</u> is not working.
[skænɚ]

☐ 3. Maybe I'll see you <u>later</u>.
['letɚ]

☐ 4.Would you like some <u>bacon</u>?
['bekən]

☐ 5. I am in the <u>middle</u> of something.
['mɪdl̩]

☐ 6. Whose <u>bag</u> is it?
[bæg]

☐ 7. Martin is a great <u>cook</u>.
[kʊk]

☐ 8. If you try hard, you will <u>make</u> it.
[mek]

☐ 9. George and Fred are <u>twins</u>.
[twɪnz]

☐ 10. What's your <u>age</u>?
[edʒ]

☐ 11. The sick lion is in <u>pain</u>.
[pen]

☐ 12. The <u>class</u> is over.
[klæs]

☐ 13. Are you <u>nuts</u>?
[nʌts]

☐ 14. His birthday was at a <u>downtown</u> restaurant.
[daʊntaʊn]

☐ 15. The soldier lost a lot of <u>blood</u>.
[blʌd]

───────────── **Answer Key** ─────────────

正確的題號為 1.、2.、3.、7.、8.、9.、10.

──────────── 習題中譯 ────────────

1. 請坐下。

2. 掃描器壞了。

3. 待會見喔。

4. 你要不要來點培根?

5. 我正在忙。

6. 那是誰的袋子?

7. Martin 是個很棒的廚師。

8. 如果你盡力,你一定做得到。

9. George 跟 Fred 是雙胞胎兄弟。

10. 你幾歲了?

11. 那隻生病的獅子很痛苦。

12. 下課了。

13. 你瘋了嗎?

> 註:"nut" 原本指的是花生、核桃一類的堅果;但一個人腦袋裡裝的全是 "nuts" 的話,那一定不怎麼聰明的…所以,美語裡說 "He is nuts.", 跟我們 說一個人「腦袋裝豆腐」是差不多意思的。

14. 他在鬧區的餐廳辦了一個生日 party!

15. 那個士兵流了很多血。

◀026

請聽這段文章，將 Work Bank 中的字選填進去。

1. twine, twins
   [aɪ]　[ɪ]

2. sunlit, sunlight
   [ɪ]　[aɪ]

3. prawns, prunes
   [ɔ]　　[u]

4. Kate, cat, kit
   [e]　[æ]　[ɪ]

5. prawns, prunes
   [ɔ]　　[u]

6. fleshy, flashy
   [ɛ]　　[æ]

7. color, collar
   [ʌ]　[ɑ]

8. better, bitter, butter
   [ɛ]　　[ɪ]　　[ʌ]

9. pill, pale, peel
   [ɪ]　[e]　[i]

10. Brad, bread, breed
    [æ]　[ɛ]　　[i]

The Olsen 1___ woke up in the 2___ room this morning. They felt hungry so they fixed themselves something to eat. Janie, the elder one, had some 3___ while her sister, 4___, had some 5___.

Then they all went upstairs and got dressed. Kate wore a 6___ T-shirt. Janie hated its 7___ and said something 8___ about it. She said it made her face look like a swollen 9___ mushroom. But Kate said as long as 10___ liked it, she didn't care.

Answer Key

1. twins   2. sunlit   3. prawns   4. Kate

5. prunes   6. flashy   7. color   8. bitter

9. pale   10. Brad

習題中譯

　　Olsen家的雙胞胎今天一早在灑滿了陽光的房間裡醒來。她們餓了，於是決定自己弄點東西來吃。姐姐Janie吃了很多明蝦，而妹妹Kate只吃了一點水果乾。

　　然後她們上樓換衣服。Kate穿了一件很閃亮的T-shirt。Janie討厭那件衣服的顏色，說了幾句蠻毒的評語。她說，那件衣服讓Kate的臉看起來像一個腫脹又蒼白的磨菇。但是Kate說，只要她的男友Brad喜歡，她才不care。

[b]　對應字母　b

ⓘ 發音訣竅

[b] 的口型與發音跟我們注音符號的「ㄅ」一模一樣。

◯ 聽得懂・唸得對　🔊 027

- ■ boy　■ band　■ crab　■ rumble
- ■ symbol　■ website

[p]　對應字母　p

ⓘ 發音訣竅

[p] 是 [b] 的無聲版本。用說悄悄話時，只送氣不出聲的氣音唸出注音「ㄆ」－就是一個完美的 [p] 了！

◯ 聽得懂・唸得對　🔊 028

- ■ beep　■ keep　■ rope　■ soap　■ play
- ■ pride　■ rumple　■ simple

Exercise 7　[b]、[p]　聽音比對練習　🔊029

1. That's a ___ ___ .

symbol / simple
['sɪmbḷ] / ['sɪmpḷ]

2. The ___ love ___ .

bears / pears
[bɛrz] / [pɛrz]

3. The ___ hurt his ___ .

bride / pride
[braɪd] / [praɪd]

4. We found the ___ in the ___ .

crabs / craps
[kræbz] / [kræps]

5. They found a ___ on the ___ .

beach / peach
[bitʃ] / [pitʃ]

─── **Answer Key** ───

1. simple, symbol　　2. bears, pears　　3. bride,pride

4. crabs, craps　　5. peach, beach

─── 習題中譯 ───

1. 那是一個很簡單的符號。

2. 那些熊愛吃梨子。

3. 新娘傷了他的自尊。

4. 我們在廢棄物中發現螃蟹。

5. 他們在海灘上找到一顆桃子。

[s]
對應字母　s　ce　sc

⚠ 發音訣竅
這個音跟「ㄙ」唸法跟聽起來的聲音是完全相同的。

💬 聽得懂・唸得對 🔊 030
- ace
- boss
- kiss
- lace
- place
- precedent
- scissors

[z]
對應字母　z　s-母

⚠ 發音訣竅
[z] 是 [s] 的有聲版本。同學們只要試著先唸 [s]，然後嘴型固定住，送氣不中斷，喉嚨再發出聲音，很自然的就能發出 [z] 了。

💬 聽得懂・唸得對 🔊 031
- raise
- phase
- grease
- increase
- plays
- president

✏ 趙老師的叮嚀

英文跟世界上所有的語言一樣，會隨著時間、地點，以及使用者的不同而有所改變。很多原本以 "-se" 結尾，應該被發音成 [z] 的單字，如 increase，grease，lease...等，美國人年輕的一代，可能覺得發有聲子音 [z] 比無聲 [s] 吃力，於是在唸字尾的 "-se" 時偷懶，把 increasingly，greasy，leasing office 中的 "s＋母音" 都唸成了無聲的 [s] 哦。

Exercise 8　[s]、[z]　聽音比對練習　🔊 032

1. One of the President's closest ___ is ___.　　Alice / allies
['ælɪs] / ['ælaɪz]

2. The ___ maid forgot to wash the ___ dress.　　lacy / lazy
['lesɪ] / ['lezɪ]

3. They held the ___ to ___ money for the kids.　　race / raise
[res] / [rez]

4. The people ran from the ___ in ___.　　terrace / terrors
['tɛrəs] / ['tɛrəz]

5. The ___ said the war is without ___.　　precedent / president
['prɛsədənt] / ['prɛzədənt]

─── **Answer Key** ───

1. allies, Alice　　2. lazy, lacy　　3. race, raise

4. terrace, terrors　　5. president, precedent

─── 習題中譯 ───

1. Alice 是總統最親近的盟友之一。

2. 懶惰的女僕忘了洗那件蕾絲洋裝。

3. 他們舉辦比賽來替小朋友募款。

4. 來賓害怕地從陽台跑出來。

5. 總統說這場戰爭是史無前例的。

[f] 對應字母 f ph

ⓘ 發音訣竅

發 [f] 的口型，跟要唸「ㄈ」時的預備動作是一樣；只不過，在門牙輕咬住下唇時，不可以鬆開，要直接送氣喔！如果鬆開，唸出來的會是 [fə]；那就多出一個母音 [ə] 了。

○ 聽得懂・唸得對 🔊 033

■ beef　　■ chief　　■ cliff　　■ roof　　■ fish
■ finish　　■ surface　　■ suffer

[v] 對應字母 v

ⓘ 發音訣竅

[v] 是 [f] 的有聲版本。先唸 [f]，記住門牙必須一直輕咬住下唇，千萬不要鬆開；雖然口型跟 [f] 一樣，但由於它是有聲子音，在口型固定的同時，喉嚨要發出聲音。如果唸得正確的話，我們會感覺到聲音與氣流交會的所在地，是在門牙咬著下嘴唇的地方喔！

○ 聽得懂・唸得對 🔊 034

■ leave　　■ live　　■ wives　　■ knives
■ vest　　■ veil　　■ volume

✎ 趙老師的叮嚀

唸 [v] 時，喉頭發出的氣流與聲音，在衝出口時會受到門牙與下嘴唇的阻礙。下嘴唇在衝擊下會像觸及微弱電流般有點麻麻的感覺。

Exercise 9　[f]、[v]　聽音比對練習　　🔊035

1. They ____ ed to raise the ____ of the assassin.　　fail / veil
[fel] / [vel]

2. There are three ____ of ____ following the superstar.
fans [fænz] / vans [vænz]

3. The ____ is pointed at his ____.　　rifle / rival
[raɪfl] / [raɪvl]

4. ____ workers don't care much about good ____.
surface [sɝfɪs] / service [sɝvɪs]

5. A ____ meal is hard to ____.　　define / divine
[dɪfaɪn] / [dɪvaɪn]

— **Answer Key** —

1. fail, veil　　　2. vans, fans　　　3.rifle, rival

4. Surface, service　　5. divine, define

— **習題中譯** —

1. 他們沒能順利地揭開刺客的真面目。

2. 有三部車的粉絲跟著巨星跑。

3. 他的來福槍對準著敵人。

4. 只會做表面功夫的員工不太在乎服務好不好。

5. 「超讚的餐點」是很難定義的。

[d]　對應字母　d

⚠ 發音訣竅

[d] 唸起來跟注音的「ㄉ」完全相同，非常容易！

💬 聽得懂・唸得對　🔊036

- ■ dog　　■ duck　　■ heard　　■ curd
- ■ medal　■ pedal

[t]　對應字母　t

⚠ 發音訣竅

　　[t] 聽起來像是 [d] 的無聲版，但口型與舌位的操作上難度稍高。同學可以對著鏡子唸三次 [d] 看看，邊唸邊看自己的嘴巴，好像看到一點點舌尖在上下排門牙的細縫中彈進彈出的。但唸 [t] 時，得把舌尖收進來。唸的時候，舌尖彈到的是上排門牙的後面。道地的 [t] 聽起來，反而比較像注音「ㄊ」的悄悄話版喔！

💬 聽得懂・唸得對　🔊037

- ■ but　　■ cat　　■ sat　　■ pit　　■ curt
- ■ hurt　■ train　■ trim

✏ 趙老師的叮嚀

　　[t] 真的不能唸成「特別」的「特」。聽起來雖然很親切（因為好像身邊許多親朋好友都這麼唸），但真的就是不道地呀！不相信的

話，同學用「特」的方式唸唸看 Nike 的 slogan "Just do it!" 每一個「特」都會讓這個句子充滿濃濃的台式風味！（在國外聽到真的會想家呢...）

Exercise 10　[d]、[t]　聽音比對練習　　🔊038

1. The pea ___ is put in the ___.
　　　　　　　　　　　　　　　　　　pod / pot
　　　　　　　　　　　　　　　　　　[pɑd] / [pɑt]

2. The ___ is made of ___.
　　　　　　　　　　　　　　　　　　medal / metal
　　　　　　　　　　　　　　　　　　['mɛdl̩] / [mɛtl̩]

3. The ___ are covered with ___.
　　　　　　　　　　　　　　　　　　pedals / petals
　　　　　　　　　　　　　　　　　　['pɛdl̩z] / ['pɛtl̩z]

4. The baby ___ when they put up the ___.　shudders / shutters
　　　　　　　　　　　　　　　　　　['ʃʌdəz] / ['ʃʌtəz]

5. Did you cover the ___ ___?
　　　　　　　　　　　　　　　　　　dummies' / tummies
　　　　　　　　　　　　　　　　　　['dʌmɪz] / ['tʌmɪz]

───────────── **Answer Key** ─────────────

1. pod, pot　　　　2.medal, metal　　　　3.pedals, petals

4. shudders, shutters　　5. dummies', tummies

───────────── **習題中譯** ─────────────

1. 豆莢放在鍋子裡。

2. 勳章是金屬製的。

3. 腳踏板上面覆滿了花瓣。

4. 寶寶在他們放下百葉窗時抖了一下。

5. 你把假人的肚子蓋起來了嗎?

[k]
對應字母 `c` `k` `ck` `ch`

ⓘ 發音訣竅

這個音跟「ㄎ」口型是一樣；只不過，喉嚨不能發出聲音，只能送氣喔。

◯ 聽得懂・唸得對 🔊 039

■ book ■ hook ■ cap ■ kit ■ occur
■ anchor ■ castle ■ calorie

[g]
對應字母 `g`

ⓘ 發音訣竅

[g] 聽起來像是 [k] 的有聲版本。但若同學們先唸 [k]，口型固定的同時，直接從喉嚨發出聲音，聽起來卻是注音的「ㄍ」。然而，在真正的美式發音中，[g] 聽起來比「ㄍ」來得「柔軟」不刺耳。

◯ 聽得懂・唸得對 🔊 040

■ bug ■ pig ■ got ■ gull ■ glass
■ gallery

✏️ 趙老師的叮嚀

會說台語的同學可以用台語唸唸看「真棒真棒出國比賽！」經典句中的「棒（gau 二聲）」，其中的「g」的發音方式跟英文中的 [g] 真的是一模一樣的，都是唸起來比較柔和的 "濁音"。

Exercise 11   [k]、[g]   聽音比對練習   🔊 041

1. He covered the ___ with his ___.
                                         cap / gap
                                     [kæp] / [gæp]

2. The ___ cleaned the ___ together.
                                     class / glass
                                     [klæs] / [glæs]

3. The ___ on the ___ is green.
                                     buck / bug
                                     [bʌk] / [bʌg]

4. It's pretty ___ in the ___ mines at night.
                                     cold / gold
                                     [kold] / [gold]

5. ___ took all the ___ courses.
                                     core / Gore
                                     [kor] / [gor]

Answer Key

1. gap, cap
4. cold, gold

2. class, glass
5. Gore, core

3. bug, buck

習題中譯

1. 他用帽子把裂縫蓋了起來。

2. 全班一起清洗杯子。

3. 停在公鹿身上的小蟲子是綠色的。

4. 晚上在金礦場裡很冷。

5. Gore 上過所有的必修通識課程。

[θ] 對應字母 th

ⓘ 發音訣竅

首先唸 [s]，口型固定好之後，把舌頭外伸到上下排門牙中間，門牙輕輕咬住舌頭，想像自己仍然發的是 [s]（只不過這次舌頭伸出著唸罷了），繼續送氣。這時發出來的聲音就是道地的 [θ] 了。

◯ 聽得懂・唸得對 🔊 042

- ■ bath
- ■ breath
- ■ moth
- ■ mouth
- ■ thumb
- ■ thunder

> ✎ 趙老師的叮嚀
>
> 有同學問：舌頭要伸出來多少，發的 [θ] 音才標準？其實這沒有一個準則。大原則是以能順暢發出下一個字為前提，盡量在唸 [θ] 時將舌頭外伸就 ok 了。但如果平常就偷懶或不習慣外伸，當快速說英文或緊張時，原本外伸的舌頭很容易就退到門牙內側，聽起來跟 [s] 一樣，那可不ok！

[ð] 對應字母 th

ⓘ 發音訣竅

[ð] 是 [θ] 的有聲版。請先唸 [θ]，隨即在同樣位置直接從喉嚨送出聲音。注意在發聲時，口型跟舌位還是要固定住。唸得好的話也能跟唸 [z] 一樣，在門牙碰觸舌頭的部份感到一陣麻麻的震。

◯ 聽得懂・唸得對 🔊 043

- ■ these
- ■ those
- ■ breathe
- ■ wreathe
- ■ there
- ■ then

Exercise 12 　[θ]、[ð] 聽音比對練習　　🔊 044

請在發出 [ð] 的音底下劃線。

Keith has a dog from the South.　Her birthday is on the fourth of July.　Keith loves reading mythology so he named her after Athena - the goddess of Athens.　Keith enjoys walking her along the garden path rather than bathing her in the bathroom and brushing her teeth.　Although Athena is not as athletic as Keith wishes her to be, and can never learn to fetch a thing, Keith's face is wreathed in smiles whenever he sees Athena fights her way through the thickest bush just to scare the throstle.

Answer Key

以上所有的 the, rather, than, bathing, although, wreathe

習題中譯

Keith 養了一隻南部來的小狗。她的生日是七月四日。Keith 很喜歡讀看神話故事，於是他將小狗命名為 Athena－也就是希臘雅典女神的名字。跟幫小狗在浴室裡洗澡、或刷牙比起來，Keith 比較喜歡在花園小徑裡帶她散步。雖然 Athena 不如 Keith 期望得那麼喜歡運動，也永遠叼不好東西，但每當看到 Athena 奮力想穿過茂密的灌木叢，嚇嚇鳥兒的樣子，Keith 的臉就漾著微笑。

[ʃ]　對應字母 sh

⚐ 發音訣竅

　　請別人安靜時，我們常用氣音說「噓…」，對嗎？你可能覺得你發出來的聲音好像就是英文中的 [ʃ] …其實不然！當我們發出「噓」時，嘴巴是完全 起來的；而英文裡的 [ʃ] 口型外觀看起來反而比較像我們說「詩人」中的「詩」。同學可以試著把「ㄕ」這個音，用講悄悄話的氣聲唸看看，口型跟聲音才是對的。

◯ 聽得懂・唸得對　🔊 045

■ she　■ sheep　■ fish　■ finish　■ shake

[ʒ]　對應字母 sure sion

⚐ 發音訣竅

　　[ʒ] 的發音操作方式，不過是把兩個中文注音「ㄖㄩ」合在一起唸。請記住，如果你的「ㄖ」沒有捲舌唸，那麼加上「ㄩ」之後就不會有唸對了的感覺－也就是舌頭前段麻麻的震動感；那麼，聽起來當然一定不正確。請務必聽著 CD 多練習幾次喔！

◯ 聽得懂・唸得對　🔊 046

CD 中，每個單字唸二次，第一次是正確版本，第二次是錯誤版本。

■ **gara**ge [gərɑʒ]／✗[gərɑdʒ]　■ **mea**sure [mɛʒə]／✗[mɛdʒə]

■ **mira**ge [mɪrɑʒ]／✗[mɪrɑdʒ]　■ **vi**sion [vɪʒən]／✗[vɪdʒən]

■ **televi**sion [tɛləvɪʒən]／✗[tɛləvɪdʒən]

Exercise 13 [ʃ]、[ʒ] 聽音比對練習 🔊 047

請選出劃線部份發音正確的選項（為了讓同學能更清楚的辨別，開始唸每個選項唸之前，會先朗讀畫線單字的正確發音，請注意比較。）

☐ 1. A) His major is biology.
　　B) His major is biology.

☐ 2. A) The car's in the garage.
　　B) The car's in the garage.

☐ 3. A) Who made the decision?
　　B) Who made the decision?

☐ 4. A) The party is in confusion.
　　B) The party is in confusion.

☐ 5. A) Ronald is a man of vision.
　　B) Ronald is a man of vision.

--- **Answer Key** ---

1. B　　2. A　　3. B　　4. A　　5. B

--- 習題中譯 ---

1. 他主修生物。

2. 車子在車庫。

3. 誰作的決定。

4. 派對狀況百出。

5. 羅納度是個有遠見的人。

[tʃ] 對應字母 ch tch

ⓘ 發音訣竅

　　[tʃ] 要唸得對的，只要 follow 三個步驟：(1) 先唸「7」這個數字；(2) 用氣音再唸一次「7」；(3) 最後，就是微微嘟著嘴，咬牙唸出氣聲的「7」就可以了。

🔍 聽得懂・唸得對 🔊 048

■ **lunch**　　■ **rich**　　■ **search**　　■ **larch**
■ **church**　　■ **scratch**

> ✏️ 趙老師的叮嚀
>
> 　　[tʃ] 既然是 [t] 加上 [ʃ] 合成的，就要保有兩者的特色：(1) 要唸成氣聲；(2) 嘴型跟唸 [ʃ] 一樣，不要嘟得太厲害，微微嘟起來，發出來的音才是正確的。

[dʒ] 對應字母 j ge dge

ⓘ 發音訣竅

　　如果 [tʃ] 唸得正確的話，要唸它的有聲版 [dʒ] 就不難了。 同學們可以先唸 [tʃ]，將口型舌位都固定好後，再從喉嚨送氣發聲，唸出來是 [dʒ]。要記住，跟唸 [tʃ] 一樣，嘴唇微微嘟起即可。

🔍 聽得懂・唸得對 🔊 049

■ **bridge**　　■ **lounge**　　■ **orange**　　■ **jeep**
■ **jimmy**

Exercise 14　[tʃ]、[dʒ]　聽音比對練習　　🔊 050

1. That ____ tree is really ____.	large / larch [lɑrdʒ] / [lɑrtʃ]
2. We are ____ing for a ____ suit.	serge / search [sɜdʒ] / [sɜtʃ]
3. The Bourne family had ____ in the ____.	lounge / lunch [laʊndʒ] / [lʌntʃ]
4. The land over the mountain ____ isn't ____.	ridge / rich [rɪdʒ] / [rɪtʃ]
5. Mr. Crowe almost ____d on the ____.	joke / choke [dʒok] / [tʃok]

—————— **Answer Key** ——————

1. larch, large　　2.search, serge　　3. lunch, lounge

4. ridge, rich　　5. choke, joke

—————— **習題中譯** ——————

1. 那棵落葉松很大。

2. 我們在找斜紋西裝。

3. Bourne 一家人在休息室裡吃飯。

4. 山脊上的土壤不肥沃。

5. Crowe 先生聽到笑話時差點噎著。

　註：sb. choke on sth. 表示某人因某事而差點噎著（太驚訝或過度興奮）。

[m] 對應字母 m

! 發音訣竅

唸 [m] 跟唸「ㄇ」的起始口型是一樣的，但在雙唇緊閉，從喉嚨送出聲音後，嘴唇不要鬆開喔！否則，會多蹦出一個 [ə] 音來。

聽得懂・唸得對 🔊 051

- ■ moon
- ■ mean
- ■ mouse
- ■ moose
- ■ warm
- ■ worm
- ■ Tomy
- ■ Sammy

[n] 對應字母 n

! 發音訣竅

要單獨發出 [n] 這個音不難。跟我們唸注音的「ㄣ」的尾聲一樣，舌尖是微微的碰觸到上排門牙的背面的。不過嚴格說起來「ㄣ」= [ə]＋[n]，開頭的 [ə] 千萬不要發出來，否則單獨唸的時候好像 ok，放到單字的字尾時聽起來就是不對勁。

聽得懂・唸得對 🔊 052

- ■ been
- ■ keen
- ■ can
- ■ ran
- ■ mine
- ■ Ryan
- ■ Sunday
- ■ Monday

✏️ 趙老師的叮嚀

當一個單字以 [n] 或是 [ŋ] 結尾，許多同學發出來的音，差別不夠大，以致於考試或跟老外溝通時常常誤聽。由於台語大量使用到鼻音 [ŋ]，同學們可能是受到母語影響，特別不容易把結尾是 [n] 的聲音發對。其實,有個小撇步,可以讓你每次的單字以 [n] 結尾時都能說得漂亮:試著在唸 [n] 時,微微的將舌尖伸出來一些,不必像唸 [θ] 那麼外露,只要足以讓上下門牙含住舌尖就可以。這時,在舌尖含住的同時,喉嚨送出聲音來;因為舌尖被含住了,沒有足夠的口腔空間發生共鳴,這時跟 [ŋ] 聽起來的差別就分明多了。

[ŋ] 對應字母 ng nk k仍要發音

ⓘ 發音訣竅

即便是只會說一點點台語的同學,[ŋ] 這個音也一定唸得好。因為台語裡面許多字都會使用到這個鼻音濃厚的發音。同學們先唸唸看台語的「黃色」中的「黃」、或是「放鞭炮」的「放」。其中的結尾口型,一定是嘴巴仍然張得開開的,但聲音卻很清楚的從鼻腔出來!這時,你的 [ŋ] 雖然是以 Made in Taiwan 的土法煉鋼方式發聲出來的,但聽起來真是美式得不得了。

💬 聽得懂・唸得對 🔊053

■ bang　■ fang　■ ting　■ thing

■ singer　■ ringer　■ spank

✏️ 趙老師的叮嚀

很多人為了方便,習慣把 [ŋ] 當成注音的「ㄥ」來發音。這跟同學發許多子音時的習慣一樣─我們總喜歡加上 [ə] 這個小母音,來讓單字好唸些。然而,因為「ㄥ」= [ə]+[ŋ],唸「ㄥ」比 [ŋ] 多了一個單位,在一長串的字句結合下唸的速度一定快不起來,聽起來更是奇怪。同學們一定要多加練習,把這個錯誤的唸法糾正過來。

I. 請將聽到的單字填入空格。

1. The ___corder is placed in a ___. can / cam
[kæn] / [kæm]

2. Don't ___ when seeing something scary on the ___.
screen [skrin] / scream [skrim]

3. ___ I'll take you out on ___. Sunday / someday
[sʌnde] / [sʌmde]

4. Scientists are ___ the government to do something about
the global ___. warning / warming
[wɔrnɪŋ] / [wɔrmɪŋ]

5. That rock ___ is a ___. sinner / singer
[sɪnə] / [sɪŋə]

Answer Key
---

1. cam, can　　　　2. scream, screen

3. Someday, Sunday　4. warning, warming　5. singer, sinner

習題中譯
---

1. 攝影機放在罐子裡。

2. 看到螢幕上出現可怕的東西時不要尖叫。

3. 我會找一個星期天帶你出去。

4. 科學家們警告政府要對全球暖化的問題想想辦法。

5. 那個搖滾歌手是一個壞人。

II. 請選出劃線部份發音正確的選項（開始唸每個選項之前，劃線部份的單字會先朗讀一次，請注意比較。）🔊 055

□ 1. a) The room is <u>clean</u>.　b) The room is <u>clean</u>.

□ 2. a) I'll see you on <u>Monday</u>.　b)I'll see you on <u>Monday</u>.

□ 3. a)Show me your <u>album</u>.　b) Show me your <u>album</u>.

□ 4. a) Who's James <u>Bond</u>?　b) Who's James <u>Bond</u>?

□ 5. a) They're having a <u>conversation</u>.
　　b) They're having a <u>conversation</u>.

───────────── **Answer Key** ─────────────

1. B　　2. A　　3.B　　4. A　　5. A

───────────── **習題中譯** ─────────────

1. 房間很乾淨。

2. 星期一見。

3. 讓我看看你的相簿。

4. 誰是詹姆士龐德？

5. 他們在談話中。

[m][n] 與「新娘不是我」

還記得有「大嘴茱」之稱的美女－Julia Roberts 在「新娘不是我」當中令人笑中帶淚的精彩演出嗎？在她初戀男友的婚禮上，有成人之美的 Julia 不管再怎麼堅強也不禁黯然神傷，就在暗自垂淚之際，她的「手帕交」－魯伯特艾略特翩然出現，一句很經典台詞，讓 Julia 瞬時破涕為笑還記得這一幕嗎？

是什麼樣的話能精彩到讓氣氛逆轉呢？那時只見魯伯特走向前去，並捉狹的假裝自己對 Julia 這位美女一見傾心。在邀舞的同時，他學起詹姆士龐德的口吻瀟灑的自我介紹："Bond，Jxxx Bond." 話一出口只見大嘴茱小姐咧嘴大笑，故事就在她的招牌笑靨當中結束… 之所以魯伯特能博她一燦，還是在於他在必要時小小地了犧牲一下自己，換取好友的開心，由於在片中他跟真實世界的身份一樣，是喜歡同性的，於是他便利用 James 跟 Jane 這兩個發音相似，性別卻相反的名字，來調侃自己一番。

沒錯，他真的不是講 "James" 而是 "Jane"！可惜的是這個笑點在台灣的戲院裡似乎沒有得到太大的迴響。因為連電影字幕都打成了 "James"（同學們看rerun時可以注意一下）底下的觀眾如果英文聽力不好很可能就錯過了這部喜劇片最後的溫馨小句點…（搞不好只是暗中在想，哇，這個 Julia 還真愛大笑…）這恐怕是當時苦心撰寫腳本的人沒有料想到的吧…

[r] 對應字母 r

發音訣竅

[r] 這個音對會說中文的人來說是很容易發的－它跟我們注音的「ㄦ」一模一樣。

聽得懂·唸得對 056

■ rich　■ real　■ rooster　■ berry
■ fairy　■ arrive　■ surprise

> 趙老師的叮嚀
>
> 其實 [r] 的音如果舌頭有捲起來，聽起來就很標準了。不過如果同學要嘗試更美式的唸法，可以試著在發這個音時將嘴唇微嘟起來，像在說「ㄨ」的口型；然後，再捲舌，唸出「ㄦ」的音來會更標準！

[l] 對應字母 l

發音訣竅

不是一個台灣同學習慣發的音，特別是在字尾的地方。在口型舌位的操作上，同學們切記一定要確實執行下面幾個步驟：請拿出一面小鏡子來，確認你的口型：

1）看著鏡子唸1、2、3…的「1」－口型應該看起來像在微笑著；
2）以這個微笑的口型，舌尖輕抵門牙後方，喉嚨發出「ㄜ」的音；
3）口型固定好，千萬千萬不要在發 [l] 的任何時刻將嘴唇嘟起來！
太多太多的同學就是錯在這個步驟，真的很可惜。

◯ 聽得懂・唸得對 📢 057

CD 中，每個單字唸二次，第一次是正確版本，第二次是錯誤版本。

■ **ball** [bɔl]／✗[bɔ]　　　　■ **well** [wɛl]／✗[wɛɔ]

■ **tail** [tel]／✗[teɔ]　　　　■ **double** [dʌbl̩]／✗[dɑbɔ]

■ **real** [ril]／✗[riɔ]　　　　■ **trouble** [trʌbl̩]／✗[trɑbɔ]

✐ 趙老師的叮嚀

同學唸這個音時最常出現的錯誤有兩種：

1) [l] [ɔ] 不分（特別是在結尾音：如 metal [mtl̩] 會被誤發為 [mtɔ]）；2) 音尾多加一個 [ə] 唸成「ㄌ」；其實 [l] 這個音若放在字尾，沒有唸對的話，單字的辨識度真的會大打折扣！在臨場溝通時，更是容易造成外籍人士的誤聽。所以，如果在發音上已經養成上述錯誤習慣，那麼不管如何，一定要嚴格的 self-monitor 自己，每一次發音的時候都要唸對，才能確保在緊張或快速演說時不出錯，也進而讓自己在習慣正確的發音後，能辨識出英聽當中的每一個 [l] 音。

Exercise 16 [r]、[l] 聽音比對練習 🔊058

I. 請將聽到的單字填入空格。

1. A lot of ___ are found in the ducks' ___ .　　bellies / berries
　　　　　　　　　　　　　　　　　　　　　　['bɛlɪz] / ['bɛrɪz]

2. It's a pleasant ___ that we won't run out of ___ .
　　　　　　　　　supplies [sə'plaɪz] / surprise [sə'praɪz]

3. I think ___ is ___ .　　　　　　　　　　bowling / boring
　　　　　　　　　　　　　　　　　　　　　　['bolɪŋ] / [bɔrɪŋ]

4. ___ said that her sign is ___ .　　　　　　Alice / Aries
　　　　　　　　　　　　　　　　　　　　　　['ælɪs] / ['ærɪz]]

5. The unicorn was still ___ when they ___d.　alive / arrive
　　　　　　　　　　　　　　　　　　　　　　[ə'laɪv] / [ə'raɪv]

——— Answer Key ———

1. berries, bellies　　2. surprise, supplies

3. bowling, boring　　4. Alice, Aries　　5. alive, arrive

——— 習題中譯 ———

1. 鴨子的肚子裡找到了很多野莓。

2. 很高興我們還有足夠的糧食。
　　註：supplies = 糧食或補給品

3. 我覺得打保齡球很無聊。

4. Alice 說她的星座是牡羊座。

5. 當他們到的時候獨角獸還活著。

II. 請選出劃線部份發音正確的選項（開始唸每個選項之前，劃線部份的單字會先朗讀一次，請注意比較。）🔊 059

☐ 1. a) The glass is <u>full</u>.　　b) The glass is <u>full</u>.

☐ 2. a) Achilles was <u>tall</u>.　　b) Achilles was <u>tall</u>.

☐ 3. a) The swimming <u>pool</u> is crowded.
　　 b) The swimming <u>pool</u> is crowded.

☐ 4. a) The free <u>samples</u> were given away.
　　 b) The free <u>samples</u> were given away.

☐ 5. a) How <u>wonderful</u> is that!　b) How <u>wonderful</u> is that!

Answer Key
---

1. B　　2. A　　3. A　　4. B　　5. B

註："Achilles" [ə'kɪlɪs] 就是史上有名的大力士阿基里斯。

習題中譯
---

1. 杯子滿了。

2. 阿基里斯很高大。

3. 游泳池客滿。

4. 免費試用品全發完了。

5. 真棒！

I. 英測複考率高的相似音： 🔊060

請跟著 CD 讀一次，然後寫出 CD 第二次所唸的單字。

1. pane [pen] - bane [ben] - peer [pɪr] - beer [bɪr]

2. feel [fil] - veal [vil] - rival ['raɪvl̩] - rifle ['raɪfl̩]

3. lacy [lesɪ] - lazy [lezɪ] - face [fes] - phase [fez]

4. tart [tɑrt] - dart [dɑrt] - contemn [kən'tɛm] - condemn [kən'dɛm]

5. calorie ['kælərɪ] - gallery [gælərɪ] - loath [loθ] - loathe [loð]

6. warm [wɔrm] - warn [wɔrn] - dime [daɪm] - dine [daɪn]

7. Pam [pæm] - pan [pæn] - lick [lɪk] - Rick [rɪk]

8. rich [rɪtʃ] - ridge [rɪdʒ] - Confucian [kən'fjuʃən] - confusion [kən'fjuʒən]

9. fan [fæn] - fang [fæŋ] - win [wɪn] - wing [wɪŋ]

10. ball [bɔl] - bow [bo] - soul [sol] - sew [so]

Answer Key

1. bane, peer

2. feel, rifle

3. lazy, phase

4. dart, contemn

5. calorie, loath

6. warn, dime

7. Pam, Rick

8. ridge, confusion

9. fan, wing

10. ball, sew

II.　　　　　　　　　　　　　　　　　　🔊 061

注意劃線的單字，發音若正確請在欄內打勾（會先朗讀一次單字的正確發音）。

☐ 1. He broke the <u>cup</u>.

☐ 2. Please hand me the <u>disk</u>.

☐ 3. Do you have the <u>time</u>?

☐ 4. <u>King</u> Arthur was wise.

☐ 5. <u>Nothing</u> is wrong.

☐ 6. I hope you'll <u>win</u>.

☐ 7.Who's in <u>trouble</u>?

☐ 8. That's a lovely <u>church</u>.

□ 9. Whose car is in the <u>garage</u>?

□ 10. Many <u>wild</u> flowers are growing over the hill.

Answer Key

第 3, 4, 8 題為正確發音

習題中譯

1. 他打破杯子了。

2. 請把磁碟片遞給我。

3. 現在幾點了?

4. 亞瑟王很有智慧。

5. 沒什麼問題。

6. 希望你會獲勝。

7. 誰有麻煩了?

8. 那個教堂很美。

9. 車庫裡停的是誰的車?

10. 山丘上長了許多野花。

1）請仔細聽標色部份的子音，並將發音錯誤的單字圈選起來。
2）訂正完答案後，請再聽一次 CD 裡面的正確朗讀。

Everyone thought that Ron was wild and would never learn to use his magic wand. One day, Ron went to the lake. The weather was beautiful. The lake looked crystal-clear under the blue skies, so Ron decided to dive to a depth of 15 feet to catch some fish. No fish was found. Ron was beginning to swim back to the shore while he saw something huge coming his way - it was a brown monster! In a hurry, Ron took out his wand, and cast a freezing curse -the only spell Ron was really good at. It froze the monster right away. Ron swam back, feeling relieved. He swore to himself that, from that moment on, he would spend more time on practicing magic.

Answer Key

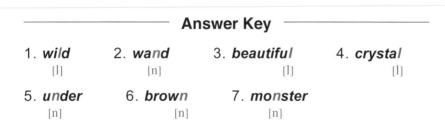

1. *wild* 2. *wand* 3. *beautiful* 4. *crystal*
   [l]   [n]   [l]   [l]

5. *under* 6. *brown* 7. *monster*
   [n]   [n]   [n]

Everyone thinks that Ron is *wild* and will never learn to use his magic *wand*. One day, Ron went to the lake. The weather was *beautiful*. The lake looked *crystal*-clear *under* the blue skies, so Ron decided to dive to a depth of 15 feet to catch some fish. No fish was found. Ron was beginning to swim back to the shore while he saw something huge coming his way - it was a ***brown*** monster! In a hurry, Ron took out his wand, and cast a freezing curse -the only spell Ron was really good at. It froze the ***monster*** right away. Ron swam back, feeling relieved. He swore to himself that, from that moment on, he would spend more time on practicing magic.

--- **習題中譯** ---

每一個人都覺得 Ron 很不聽話，永遠都學不會怎麼使用魔杖。有一天，Ron 到湖邊去。天氣很棒，藍天下的湖面晶瑩剔透。Ron 決定潛水到15呎深的地方去抓點魚。他半隻都沒抓著。正當Ron 開始往岸邊游去時，他看到了一個龐然大物朝著他過來－是一隻棕色的怪物！急忙中，Ron拿出魔杖，使了一個冷凍咒－這也是唯一Ron 在行的咒語。怪物當場就被凍結了！Ron 游回岸上，覺得如釋重負。他對自己發誓，從那一刻開始，他一定要多花一點時間在練習魔法上。

Chapter 2

背過的單字為何聽不懂
美式口語辨音

常常有同學抱怨，背過的單字，為什麼外國人一說，或是從CD播放出來，就覺得聽到的好像跟自己想像的是兩個不同的字。有時也會懷疑，為何在聽到的瞬間，總是沒有辦法在自己的記憶庫裡立即搜尋到那個單字的意義呢？即使是平常使用英文頻率高一點的同學也會發現，單字一個個用慢速唸出來時，辨識上沒有什麼問題，但是一旦外國人用正常速度發音時，尤其像 TOEFL 或 TOEIC 等考試的唸法，只覺得一長串字飆過去之後，「船過水無痕…」往往要到看到了它的聽力文稿時，才恍然想起，其實那串神秘訊息裡的每一個字，自己早就背過了，再者，如一個一個慢慢唸的話，也聽得出來呀…到底問題出在哪裡？

第二章所介紹的幾個音變過程，是台式學習法與美式英文快速發音中最關鍵之差異的完整分析：從一個單字在快速發音時的變音、字與字的相互化學作用、到字串的整合、贅音的delete；只要熟悉並確實練習過書中的練習，每 go through 一個音變原則，我們所背的單字發音就會被調整得更接近美式唸法。在最關鍵的音變規則都清楚分明之後，語意必定能在聽音的瞬間同步整合！

■ 無聲變有聲：母音的同化　　　🔊 063

慢速英文 / 一般台式發音	美國人的快速唸法
paper [p]	**pa**per [b]
che**ck**out [k]	che**ck**out [g]
se**c**ond [k]	se**c**ond [g]
pos**t**age [t]	pos**t**age [d]
or**ch**estra [k]	or**ch**estra [g]

💡 **即時通：母音的同化**

　　在輕音節中，無聲子音可以被緊跟在後的母音強化為其有聲子音。

ex.　**pa**per → **pa**per　　　se**c**ond → se**c**ond
　　　　[p]　　　　　[b]　　　　[k]　　　　　　[g]

71

🔍 解析：

　　在快速演說或 speakers 認為聽話的一方英文程度夠時，他們會選擇用比較有效率且省力的方法來發音。其中最常見的一種，就是單字當中的無聲子音被強化為有聲子音。這樣的方式，比原本好唸的原因在於一個地方：無聲子音後面若接的是母音，而母音一定是有聲的，依照「物以類聚」原則，有聲＋有聲的音串，唸起來一定比一下子無聲，一下子又「熊熊」變成有聲好唸多了！喉嚨不必一下調整在送氣狀態給無聲子音，轉瞬間又要發出聲音來唸母音。不只英文，許多語言的使用者為了好唸，發音過程中都有類似的「同化現象」（Assimilation）。By the way，無聲子音被唸成有聲之後，辨識度也提高了。對於 communication 來說，這真的是有利無弊喔！

即時檢驗　母音同化現象　　　　　🔊 064

請聽 CD，並勾出劃線部份有母音同化現象的題目。

☐ 1. dia<u>p</u>er　　　　　　☐ 2. wee<u>k</u>end

☐ 3. re<u>p</u>air　　　　　　☐ 4. pac<u>k</u>age

☐ 5. cam<u>p</u>aign

☐ 6. How was the weather for your hi<u>k</u>ing trip last Saturday?

☐ 7. No one has made our restaurant re<u>s</u>ervation.

☐ 8. The tad<u>p</u>ole turned into a four-legged frog.

☐ 9. Zach has a very com<u>p</u>etitive nature.

☐ 10. The cam<u>p</u>ers forgot their rain gear on the bus.

Answer Key

☑ 1. dia**p**er   ☑ 2. wee**k**end   ☐ 3. repair
    [b]   [g]

☑ 4. pac**k**age   ☐ 5. campaign
    [g]

☑ 6. How was the weather for your hi**k**ing trip last Saturday?
                          [g]

☑ 7. No one has made our restaurant re**s**ervation.
                         [z]

☑ 8.The tad**p**ole turned into a four-legged frog.
    [b]

☐ 9. Zach has a very competitive nature.

☑ 10. The cam**p**ers forgot their rain gear on the bus.
    [b]

習題中譯

1. 尿布   2. 週末

3. 修理   4. 包裹

5. 活動

6. 你上星期六踏青天氣如何?

7. 沒人幫我們訂餐廳。

8. 蝌蚪變成了有四條腿的青蛙。

9. Zach 生性好強。

10. 那些露營的人把雨具忘在公車上了。

慢速英文／一般台式發音	美國人會這麼唸
skill [k]	skill [g]
skirt [k]	skirt [g]
spring [p]	spring [b]
after [t]	after [d]
establish [t]	establish [d]

💡 即時通：子音的強化

兩個無聲子音相鄰，如呈現以下幾種組合：[sp] [st] [sk]，則第二個無聲子音可以被變音為其有聲版本。

ex.　spring → spring　　skill → skill
　　　[p]　　　[b]　　　[k]　　[g]

🔍 解析：

這種變音現象的組合，第一個音都是「磨擦音／fricative」——送氣時經過齒縫的氣流是不中斷的，如 [s]／[f]；而組合當中的第二個子音則是先送氣，隨後突然停頓的「塞音 stop」——例如 [p] [d] [k]。並非任意兩個無聲子音湊在一起，就能產生變音的。

即時檢驗　子音的強化　🔊066

請依據子音強化規則先唸一次以下的單字，再播放 CD 跟著 repeat。

1. speak	2. sports	3. stone	4. store	5. stair
[b]	[b]	[d]	[d]	[d]
6. square	7. sky	8. sister	9. laughter	10. rafter
[g]	[g]	[d]	[d]	[d]

■ [t] - the Troublemaker 🔊067

慢速英文 / 一般台式發音	美國人會這麼唸
[t]	[d]
letter	letter
waiter	waiter
battle	battle
motive	motive
autumn	autumn
Pilates	Pilates

💡 即時通：American English 中[t]的變音

1. 美式英文中的 [t] 會在以下兩個條件同時出現時變成 [d]

 （1）[t] 在輕音節　　　（2）[t] 被兩個母音包夾

ex. letter → letter　　autumn → autumn
　　　[t]　　　[d]　　　　[t]　　　　[d]

2. [d] 的發音方式：

　　同學先唸 [d] 看看，感覺一下你的舌尖在發聲時碰到哪裡 ── 應該在上排門牙的後方，是嗎？[d] 寫起來跟 [d] 只差頭上一撇，發音操作方式也只差一點點。同樣是用舌尖碰觸門牙背面，唸 [d] 時比較用力，舌尖像把小鑽子，點觸門牙後方；[d] 比較「溫柔」，舌尖變成像扇子一樣，只是輕輕拍過門牙背面，很像台語「擦破皮」／「ㄅㄧㄠˋ ㄆㄨㄟˊ」中的第一個音。

　　還是不太確定嗎？Try this：Rap 歌詞中常聽得到 "Check it out!"。其中第一個「t」就是唸 [d]，同學不妨唸唸看。另外，

會說日文的同學，也可試著唸「電氣」（でんき／[dɛnki]）的日文 —— 其中的濁音「で／[dɛ]」跟 [d] 聽起來是一樣的。

🔍 解析：

[d] 可能是一個台灣同學們初接觸美式發音時，最容易誤聽的音變種類。例如：原本以為「信件 letter」跟「梯子 ladder」兩個音是靠 [t] 跟 [d] 來對比出差異，然而在 American English 裡，「letter」的 [t] 一旦變 [d] 跟「ladder」的差異點就變模糊了…要辨別字義，反而要從母音著手。

雖然不容易唸好，但是這美語特有的變化，在英文測驗中是熱門焦點，請同學們務必多練習幾次，並且提醒自己，舌尖放鬆，在輕輕掃過門牙背面的同時發音，一定 ok！

🖊 趙老師的叮嚀

[d] 與 [d] 雖然寫起來只差一小橫，但耳尖的美國人聽起來卻是清楚分明。當 [t] 與 [d] 位於輕音節，且前後都是母音時才能變音為 [d]。

即時檢驗 **[t] the Troublemaker** 🔊 068

請以美式英文練習朗讀以下這段文章，然後播放 CD 跟著一起練習。

Peter was a waiter when he fell in love with Katie, a writer. Peter added water into Katie's bottle when he first met her. The water was spilled on Katie's computer. Katie noticed that Peter's face got a little hotter. In a hurry, he dried it with his sweater but dropped the butter. Katie burst into laughter, which made Peter feel better. That's how they met each other.

註：「met her」中的 [h] 在連音時被 delete 掉了。在下一章「[h] 的消音」會有詳細解析。

────────── **習題中譯** ──────────

　　Peter 在當 waiter 的時候愛上了當作家的 Katie。當 Peter 第一次見到 Katie 時，他正在幫她倒水。水濺到了 Katie 的電腦。Katie 看到 Peter 臉紅了。Peter 急忙用自己的毛衣去擦，但卻讓奶油掉了下來。Katie 不禁噗哧一笑，Peter 也覺得好過多了。這就是他們第一次見面的經過。

▶Show time!

[d] 與「海底總動員 Finding Nemo」

　　「Finding Nemo」是一部很溫馨可愛的動畫片，除了主角小丑魚父子外，讓人印象深刻的還有隨著南澳洋流遷移的海龜一族。自由派的海龜爸爸跟小丑魚爸爸的教育方式完全相反，它不僅不會亦步亦趨的保護小孩，就連說起話來也很「上道」，措辭跟青少年沒什麼兩樣，難怪可以跟小朋友們打成一片。

　　在片中，當一隻很可愛的小海龜對著這位很酷的爸爸說："Sweet!"（喔～有夠酷！）海龜爸爸聽了之後也很 high 的回它一句："Totally!" 這句話的意思表示的雖然是贊同前者說辭，但語氣上活潑多了。與其翻成 "當然！" 不如用曾紅極一時的「鐵獅玉鈴瓏」所帶動流行的口頭禪「是的！[sidi]」來表示，更貼近海龜爸爸耍可愛的感覺！更重要的是，當它說出 "Totally!" 這個字時，因為第二個「t」的前後都是母音，又在輕音節，所以很自然的就被唸成 [todli] 了！

　　對於[d]這個音覺得還不是掌握的很好的同學不妨租這部片來看。要不然，多說說「鐵獅玉鈴瓏」的「是的！／[sidi]」也是 made in Taiwan 的有效練習方式唷！

■母音與子音連音

◀ 069

慢速英文 / 一般台式發音	美國人會這麼唸
live in	live in
hold on	hold on
give up	give up
get up	get up
take over	take over

💡 **即時通：母音與子音連音**

　　兩個單字相鄰，若相鄰之音標，前者為子音，後者為母音，則快速演說時可以進行連音。

ex.　hold on → hold on

　　　[hold][ɑn]　　[holdɑn]

　　　get up → get up → get up

　　　[gɛt][ʌp]　　[gɛtʌp]　　[gɛdʌp]

🔍 解析：

1. 連音現象不只讓平常使用英文頻率不高的同學很傷腦筋，對許多認真學習英文，而且習慣把每一個字、每一個音、都唸得獨立分明的同學來說，是一個觀念上的挑戰！其實連音的現象只是為了要讓溝通更 efficient，加快說話的速度時的自然現象，不是什麼強加於字群的奇怪規則，也不是美式發音特有的。同學不妨換個角度看兩個被連起來的單字-把它們看做是一串「音」的連續排列，而不是涇渭分明、井水不犯河水的兩個單字。

2. 值得一提的是，在連音之後，也可能因為兩個單字的結合，跟分開時的唸法，有了明顯的不同。比如說前例中的 get up，結尾的 [t] 在一個單字一個單字慢慢唸時，[t] 還是唸 [t]，或者被省略（詳見 Chapter Three）。但是在連音時，get 與 up 中間的 space 一消失，get 的 [t] 就多了一個新鄰居-也就是 up 中的 "u"，因而造成了 [t] 前後被母音包夾的情形，這時 [t] 也就自然而然的會變音為 [đ]。這種連音後所產生的音變現象，一直以來都是同學們英聽測驗中最可能的失分點，也是有心說好英文，進而聽懂英文的同學們要下足功夫練習的區塊喔。

獨立唸法	合併	[t] 變 [đ]
get up	**get up**	**get up**
[gɛt] [ʌp]	[gɛt ʌp]	[gɛđʌp]

母音與子音連音 🔊070

1）分析每個句子，找出母子連音的地方，並在題目上做記號。

2）播放 CD，並逐題修正自己第一次的分析。

3）對照標準答案訂正，並再播放 CD 一次。注意自己預測錯誤或遺漏之處

4）跟著 CD 朗讀至速度完全一致為止。（無法跟上讀速的同學，請注意慢速連音的版本。）

1. Let's all check on it.

2. Who's gonna take it over?

3. Stop it! I've had enough of it!

4. Tim's really gone all out this time for his exam.

5. The buses run every half an hour on Sunday.

6. The taxi will be here in a second, so you'd better get a move on.

7. An egg fell out of the fridge and broke on the floor.

8. I can't believe these trees are all here after all these years.

9. There's water on the floor, you'd better take care of it before anyone slips on it.

10. Even if they have it in your size, you'd better watch our expenses, honey.

Answer Key

1. Let's all check on it.
   [lɛtsɔl]   [tʃɛgɑnɪ]

2. Who's gonna take it over?
   [tegɪɖovɚ]

3. Stop it! I've had enough of it!
   [sdɑbɪt]   [hædənʌvəvɪ]

兩個 [f] 都因為受到其後之母音的強化而便成 [v] 了！

4. Tim's really gone all out this time for his exam.
   [gɑnɔlaʊt]   [hɪzɪg'zæm]

5. The buses run every half an hour on Sunday.
   [rʌnɛvərɪ]   [hævənaʊrɑn]

6. The taxi will be here in a second, so you'd better get a
   [hirɪnə]   [gɛɖə]

   move on.
   [muvɑn]

7. An egg fell out of the fridge and broke on the floor.
   [ənɛg] [fɛlaʊɖəv]   [frɪdʒən] [brogɑn]

8. I can't believe these trees are all here after all these years.
   [trizɑrɔl]   [hiræfdɚɔl]

9. There's water on the floor, you'd better take care of it
   [wɑdɚɑn]   [tegɛrəvɪ]

   before anyone slips on it.
   [bɪfɔrɛnɪwʌn] [slɪpzɑnɪt]

10. Even if they have it in your size, you'd better
    [ivənɪv]   [hævɪɖɪn]

    watch our expenses, honey.
    [wɑdʒaʊr]

1. 我們都來檢查一下。

2. 誰會接手呢？

3. 停！我受夠了！

4. 為了這次的考試 Tim 真的全力以赴了。

5. 公車在星期日每半個小時就開一班。

6. 計程車馬上就到了，你最好作快一點。

7. 一顆蛋從冰箱裡掉了出來，在地板上摔破了。

8. 我真不敢相信經過這幾年這些樹都還在。

9. 地板上有水，你最好趕快處理掉，以免有人滑倒。

10. 縱使他們有你要的尺寸，你還是要注意一下我們的開銷，親愛的。

■ 母音與母音連音　　　　　　🔊071

慢速英文 / 一般台式發音	美國人會這麼唸
play it [ple][ɪt]	**play it** [plejɪt]
see it [si][ɪt]	**see it** [sijɪt]
any other ['ɛnɪ]['ʌ¥ə]	**any other** ['ɛnɪjʌðə]
go up [go][ʌp]	**go up** [gowʌp]
too old [tu][ɔld]	**too old** [tuwɔld]

☀ 即時通：母音與母音連音

1. 兩個單字相鄰，若相鄰之單位皆為母音，則快速演說時可能會出現連音及串連此二母音的新單位。
2. 串場音為 [j] 或 [w]，會使母母連音唸起來順暢。
3. 由第一個母音來決定是 [j] 或 [w] 來負責音的串連（請看圖表）。

母音　+　母音			母音　+　母音		
[i]			[u]		
[ɪ]			[U]		
[e]	[j]	不	[o]	[w]	不
[ə]		拘	[ɔ]		拘
[aɪ]			[aU]		

ex.　play it → play it → play it
　　[ple][ɪt]　　[ple][j][ɪt]　　[plejɪt]

　　go up → go up → go up
　　[go][ʌp]　　[go][w][ʌp]　[gowʌp]

解析：

很多同學初接觸母母連音的規則時，可能會懷疑，要快速的唸兩個單字已經夠令人緊張了，為何要在母母相連時，讓一個非親非故的「串場音」來畫蛇添足呢？不是說所有音變作用的出發點，都是為了讓發音更順暢，溝通更有效率嗎？其實，如果這麼想的話，真的錯怪了那兩個串場音 [j] 跟 [w] 了！這兩個看似半路殺出的程咬金，其實在語言學裡，是有名字的──它們叫做「類母音」（glide）。姑且不論「類母音」到底音質與發音上跟母音類似在哪，它們跟母音真的是關係超密切的；就母母連音的現象來說，絕對是出現得理直氣壯。不信的話，同學們可以試著慢慢唸「play it」這兩個字；請注意，做練習的時候，雖然是慢速處理，但是兩個字之間絕對不要斷音；也就是說，唸完「play」時，先將結尾母音 [e] 拉長，然後馬上連著唸出 it 的 [ɪ]。如果讀法是正確的，你會發現，就在 [e] 要轉換成 [ɪ]，舌頭下降的瞬間，[j] 就突然跑出來了！[w] 出現的情況也是一樣，一點都不突兀。

母母連音的規則，不是我們學習英文的 extra burden，只是把人類發音過程中，口型舌位挪移下的必然現象給歸納出來罷了。大家千萬不要在唸到快咬到自己舌頭時，遷怒於那些致力研究人類語言的辛苦語言學家們喔！

即時檢驗 **母音與母音連音** 🔊072

1）分析每個句子，找出母子連音的地方，並在題目上做記號。
2）播放 CD，並逐題修正自己第一次的分析。
3）對照標準答案訂正。再次播放 CD，注意分析錯誤或遺漏之處。
4）跟著 CD 朗讀至速度完全一致為止。

1. doing   going   knowing   slowing

2. poem   reality   Loreal   Seattle

3. I can't believe you blew it!

4. Could you do us a favor?

5. Ross is so out of shape.

6. Bruce is really nice to us.

7. Acrobats need good coordination.

8. When is the next flight to San Diego?

9. You and me have to go into the building to rescue it.

10. Did you eat two or three oatmeal cookies?

Answer Key

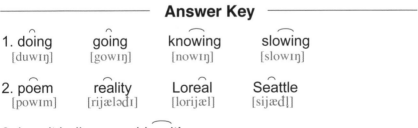

1. doing   going   knowing   slowing
   [duwɪŋ]   [gowɪŋ]   [nowɪŋ]   [slowɪŋ]

2. poem   reality   Loreal   Seattle
   [powɪm]   [rijæɫədɪ]   [lorijæɫ]   [sijædl̩]

3. I can't believe you blew it!
                           [bluwɪt]

4. Could you do us a favor?
                  [duwʌs]

5. Ross is so out of shape.
             [sowaʊt]

6. Bruce is really nice to us.
   [tuwʌs]

7. Acrobats need good coordination.
   [kɔwɔrdɪneʃən]

8. When is the next flight to San Diego?
   [dɪjɛgo]

9. You and me have to go into the building to rescue it.
   [gowɪntu]

10. Did you eat two or three oatmeal cookies?
    [juwi] [tuwɔr] [θrijomil]

習題中譯

---

3. 我真不敢相信你搞砸了！

   註："blew" 的原形是 "blow" 當一件事「吹了」就等於不成功或搞砸了。

4. 你可以幫我們一個忙嗎？

5. Ross 身體不好。

   註：狀況好不好可以用 in good / bad shape 表示喔。

6. Bruce 對我們很好。

7. 特技表演人員需要有好的協調 。

8. 下一班到聖地牙哥的飛機是幾點？

9. 你跟我必須進去救援。

10. 你吃了兩塊還是三塊燕麥餅乾？

■ 子音與子音連音　　　　　　　🔊073

慢速英文 / 一般台式發音	美國人會這麼唸
bus stop	bus͡ stop
cake kit	cake͡ kit
ripe pear	ripe͡ pear
large gem	large͡ gem
warm milk	warm͡ milk

💡 即時通：子音與子音連音

兩字相鄰，若連接的兩個子音發音相同，則只需發一次該子音。

ex. bus stop → bus͡ stop
　　　[bʌs][sdɑp]　　　[bʌsdɑp]

warm milk → warm͡ milk
　　[wɔrm] [mɪlk] [wɔrmɪlk]

🔍 解析：

　　兩個相鄰單字接連的部份，如果發音一樣的話，不管是就發音的順暢或講求 efficiency 來看，都沒有理由同樣的音唸兩次；更不用說，為了要確實的唸出兩次，中間還要浪費一秒鐘的時間停頓下來。同學們請放下心中的不安全感。不要覺得既然是兩個單字，兩個接壤單位，就一定要老老實時的把每一個音都讀出來；其實，就算我們只唸一次，因為兩個音是一模一樣的，不妨將它們看做是同一個音的延續現象（continuum）；只不過在語意上，這個音一延長，就恰好跨過了兩個單字的語意藩籬罷了呀。

子音與子音連音　　　　　　　　🔊 074

1）請先行分析每一題的子音相連單位，並在題目上做記號。
2）播放 CD，並圈選出子音相連快速讀法的題目。
3）跟著 CD 朗讀至發音完全一致為止。

☐ 1. We went to the mall by bus.

☐ 2. Don't waste ten dollars on that toy!

☐ 3. He had dried the towel beforehand.

☐ 4. I've never seen a sad doctor.

☐ 5. That's enough for today.

☐ 6. I need a clean napkin.

☐ 7. A new waiter served us tea and toast today.

☐ 8. Could you buy me some more rubies, please?

☐ 9. The Dementors move very fast.

☐ 10. I think my wife can never finish shopping in two hours.

Answer Key

☐ 1. We went to the mall by bus.

☑ 2. Don't waste ten dollars on that toy!

☐ 3. He had dried the towel beforehand.

☐ 4. I've never seen a sad doctor.

☐ 5. That's enough for today.

☑ 6. I need a clean napkin.

☑ 7. A new waiter served us tea and toast today.

☑ 8. Could you buy me some more rubies, please?

☑ 9. The Dementors move very fast.

☐ 10. I think my wife can never finish shopping in two hours.

———————————— **習題中譯** ————————————

1. 我們搭公車去購物中心。

2. 別浪費 10 塊錢在那個玩具上！

3. 他事先把毛巾弄乾了。

4. 我從沒看過一個傷心的醫生。

5. 今天到此為止。

6. 我需要乾淨的餐巾紙。

7. 新來的服務生今天供應我們茶跟吐司。

8. 你可以再多買一些紅寶石給我嗎？

9. 催狂魔移動速度很快。
   註："The Dementor" 指令人喪失心志的東西—「哈利波特」裡的恐怖角色。

10. 我想我太太永遠不可能兩個小時就逛完街。

[tʃ] 與Tom Cruise

　　據說 Tom Cruise 之所以在影壇屹立不搖，除了本身的條件跟努力之外，也跟他過人的 EQ 不無關係。

　　在一場替史蒂芬史匹柏的電影「關鍵報告」（Minority Report）造勢的記者會上，Tom Cruise 被問到這部電影如果賣座會不會拍續集。面對這個問題，聰明的阿湯哥並沒有馬上志得意滿的說「當然會呀！」以免將來落人口實，畢竟續集沒拍成，不就是暗示著賣座不如預期嗎？他表示，一切言之過早，目前是沒辦法確定的，但是他本身是很喜歡這部影片的。當他表示還不確定時 他說 "I'm not sure right now." 當中的「not sure」兩個字，他的發音是 [natʃr] 乍聽之下 [tʃ] 這個音真的很突兀，但仔細分析。如果我們回想之前討論過的觀念「連音連的是音而不是字母」這句話，則所有的疑慮就豁然開朗了。「not sure = [nat][ʃur]，如果把中間的音標框框打開，不就變成了 [natʃur] 了嗎？這也算是子音與子音因為相連而產生融合的好例子吧！

　　而這樣的唸法在美國真的很普遍，普遍到有些常用的單字如果剛好是以 [ʃ] 開頭，就算前面沒有 [t] 也會被一視同仁的唸成 [tʃ]。譬如喝咖啡時，別人很 nice 地問你 "Cream or sugar?" 其中的「sugar」很多人是唸成 [tʃugə] 的唷！（而學會了這個新連音的你，到時也可以很優雅的回答 "[tʃugə], please!"）

■ 其它常見連音類型　　　🔊075

與 [j] 相鄰的化學作用：[t+j] [d+j] [s+j][z+j] 連音

慢速英文 / 一般台式發音	美國人會這麼唸
Is that your car?	Is tha͡t your car?
Who returned your books?	Who returne͡d your books?
I miss you.	I mis͡s you.
Raise your hands	Rais͡e your hands.

☼ **即時通**：[t+j] [d+j] [s+j][z+j] 連音

子音 [t][d][s][z] 會被緊跟在後的 [j] 改變原本發音。

[t+j] → [tʃ]　　　　[d+j] → [dʒ]
[s+j] → [ʃ]　　　　[z+j] → [ʒ]

ex. **Is that your car?** → **Is tha͡t your car?** →
　　　 [t][jur]　　　　　　　　　[tjur]

Is tha͡t your car?
　　 [tʃur]

Raise your hands. → **Rais͡e your hands.** →
　[rez]　　[jʊr]　　　　　　[rezjʊr]

Rais͡e your hands.
　[reʒʊr]

🔍 解析：

　　這四種音變組合十分常見，也很好理解；只要開口唸唸看就會發現，真的如同之前許多音變過程一樣，這幾個發音組合都是在連音過程中自然而然發生的化學作用。只不過要提醒同學三點：

1. [t][d][s][z] 連著 [j] 唸之後變成的四個音 [tʃ]、[dʒ]、[ʃ]、[ʒ] 都不是台灣同學母語中的慣用發音；如果沒有把握，可以先回到 Chapter One 很快地 review 一下，練習起來會更得心應手。

2. 這個規則，讓我們再一次見證，只要是特定的音湊在一起，就可能擦出變音的火花。既然是「音與音」之間的關係，排列對了，規則就可以 apply。所以就算是在一個單字內部，也可以見到 [t][d][s][z] 四個音與 [j] 的融合喔。

3. 既然是連音過程中出現的自然現象，我們也要唸得順暢而不過度雕琢，不要因為這幾個發音好不容易調整的這麼漂亮，不用力唸出來讓大家羨慕，豈不是太可惜…。其實，那樣聽起來，真的會因為太ㄍ一ㄥ，整體 slow down，讓腔調變得很奇怪。所以，速度一定要調快，特別是在變音之處，聽起來才會十足的道地。聽到跟自己一樣的發音時，也能在第一瞬間還原連音前的每個單字！

即時檢驗 [t+j] [d+j] [s+j] [z+j] **連音**　　　🔊076

1）請先行預測每一題的連音部份的唸法。
2）播放 CD 並修正先前發音。
3）跟著 CD 朗讀至發音完全一致為止。

1. picture, nature, pasture, moisture, temperature

2. graduate, educate, individual, procedure, residual

3. usual, visual, leisure, pleasure, measure

4. issue, tissue, assure, insure, pressur

5. Well, well, well...look at you!

6. I guess you're right.

7. I don't wanna lose you.

8. I send you there. / I sent you there.（注意不同的連音所點出的時態）

9. We need you.

10. What did you do to please your mom?

─────────────── **Answer Key** ───────────────

1. [tʃ]：pic<u>t</u>ure, na<u>t</u>ure, pa<u>st</u>ure, moi<u>st</u>ure, tempera<u>t</u>ure

2. [dʒ]：gra<u>du</u>ate, e<u>du</u>cate, indivi<u>du</u>al, proce<u>du</u>re, resi<u>du</u>al

3. [ʒ]：u<u>su</u>al, vi<u>su</u>al, lei<u>su</u>re, plea<u>su</u>re, mea<u>su</u>re

4. [ʃ]：i<u>ssu</u>e, ti<u>ssu</u>e, a<u>ssu</u>re, in<u>su</u>re, pre<u>ssu</u>re

5. Well, well, well...look a‿t you!

6. I gues‿s you'r‿e right.

7. I don'‿t wanna los‿e you.

註：有同學可能會懷疑，不是說是 [j] 跟四個子音的連音練習嗎？怎麼跟
這些子音相鄰的都是 "u" 這個字母呢? 其實 "u" 的音標是 [ju] 它的
第一個單位不就是 [j] 嗎？考慮連音時看的是發音而不是拼字喔！

8. I **sen‿d you** there. / I **sent‿you** there.

9. We need you.

10. What did you do to please your mom?
　　註：請參見 t 消音部分。

習題中譯
---

5. 唷～看看你這模樣…

6. 我想你是對的。

7. 我不想失去你。

8. 我送你過去。

9. 我們需要你。

10. 你如何討好你媽？

■ be動詞的連音　🔊 077

	一般速度發音	美國人會這麼唸
單數	This task is easy.	This task's easy. [tæsks]
	The guy is late.	The guy's late. [gaɪz]
	The door is open.	The door's open. [dorz]
複數	The tasks are easy.	The tasks're easy. [tæskər]
	The guys are late.	The guys're late. [gaɪzər]
	The doors are open.	The doors're open. [dorzər]

☀ 即時通：be動詞的快速連音

一個句子當中的be動詞，在最快速的唸法時，可以跟主詞縮寫
後進行連音。

單　數	複　數
ex.　The book is easy. [bʊk] [ɪz] [izɪ] ↓	The books are easy. [bʊks] [ɑr] [izɪ] ↓
The book is easy. [bʊgɪzizɪ] ↓	The books are easy. [bʊgzɑrizɪ] ↓
The book's easy. [bʊgzizɪ]	The books're easy. [bʊgzərizɪ]

🔍 解析：

　　在分秒必爭的演說的過程中，語意比較不重要的單位會被 speaker 淡化處理，以求最大的效率。be動詞在連音中的縮水，就是這種考量下的產品。試想，如果be動詞被壓縮至主詞的羽翼下，它的母音一定會被縮減掉，例如 is [ɪz] 只剩下 [z]，are [ɑr] 也只剩下 [ər]（[ə] 是所有母音當中，音的質量最弱者。詳見 Chapter Three）。

　　一唸完主詞，如果後面加的是被壓縮到最小體積的 be 動詞，單數時只是在主詞後多唸一個 [z]，複數時頂多加個 [ər]。由於音節也跟著被縮減或弱化，整個的行進速度絕對會在瞬時加快。說者本身很舒服，聽的人如果是本來就不習慣這麼發音的我們，就會覺得很想撞牆－原本的一般連音法已經夠讓人頭痛了，be 動詞縮小到主詞的音節內，唸起來速度更快，練習不夠的同學一定很難在聽到的第一時間，把這樣濃縮的聲音還原。所以我們一定要多多練習幾次喔！畢竟這個縮音的產生，起初也是為了說起來更方便，同學們千萬不要因為練習不足，而無法享受到縮音的方便喔！

即時檢驗 **be動詞的快速連音**　　　　　　　　🔊 078

1）請先預測每題的普通連音與快速連音的唸法，並將所有音變作用標示出來。
2）播放 CD 並修正先前發音。
3）跟著 CD 朗讀至發音完全一致為止。

< 單數 >

1. The kid is fine.　　　　　→　　The kid's fine.

2. The rainbow is pretty.　　　→　　The rainbow's pretty.

3. The session is over. → The session's over.

4. The pear is sour. → The pear's sour.

5. The album is hot. → The album's hot.

< 複數 >

1. The kids are fine. → The kids're fine.

2. The rainbows are pretty. → The rainbows're pretty.

3. The sessions are over. → The sessions're over.

4. The pears are sour. → The pears're sour.

5. The albums are hot. → The albums're hot.

─────────── **Answer Key** ───────────

< 單數 >

1. The kid is fine. → The kid's fine.
[kɪdz]

2. The rainbow is pretty. → The rainbow's pretty.
[renboz]

3. The session is over. → The session's over.
[sɛʃənzovɚ]

4. The pear is sour. → The pear's sour.
[pɛrsaur]

5. The album is hot. → The album's hot.
['ælbəmz]

< 複數 >

1. The kids are fine.　　　→　The kids're fine.
　　　　　　　　　　　　　　　　　　[kɪdzɚ]

2. The rainbows are pretty.　→　The rainbows're pretty.
　　　　　　　　　　　　　　　　　　　[renbozɚ]

3. The sessions are over.　　→　The sessions're over.
　　　　　　　　　　　　　　　　　　[sɛʃənzɚovɚ]

4. The pears are sour.　　　→　The pears're sour.
　　　　　　　　　　　　　　　　　　[pɛrzɚ]

5. The albums are hot.　　　→　The albums're hot.
　　　　　　　　　　　　　　　　　　[ælbəmzɚ]

　　　註：快速連音中的 "are" 只被唸出 [ɚ]。

習題中譯

1. 小孩很好。

2. 彩虹好美。

3. 會議結束了。

4. 梨子好酸。

5. 相簿很讚。

■ 冠詞/所有格的連音　　　　　🔊 079

	慢速英文 / 一般本地發音	美國人會這麼唸
an	an opener	an‿opener
	an object	an‿object
	an answer	an‿answer
the	the opener	★ the‿opener
	the object	★ the‿object
	the answer	★ the‿answer
her	her age	her‿age
	her own echo	her‿own‿echo
	her old PC	her‿old PC
his	his age	his‿age
	his own ehco	his‿own‿echo
	his own PC	his‿own PC
its	its age	its‿age
	its own eggs	its‿own‿eggs

※母母連音，[j]來串場了。

🔍 解析：

冠詞與所有格在英文當中常常跟名詞是形影不離的。所以不管在聽力測驗也好，實況口說也好，一個 speaker 選擇在演說當中將它們以連音的方式來呈現的機率幾乎是大過許多其他組合。

值得注意的是，除了所有格「my」之外，其他的冠詞與所有格都是以子音結尾，碰到緊跟在後的名詞如果是以母音起頭，自然很容易出現前子音後母音的連音組合。而「my」雖然是以母音 [aɪ] 結尾，如果出現在後的是以母音開頭的單字，一樣可以進行由 [j] 這個類母音串連起兩個母音的連音規則喔。例如 the opener = [ði][j][obənɚ] = the opener。請同學們一定要多多練習！

即時檢驗 冠詞／所有格的連音　　　　🔊 080

1）請預測每題的連音 並將所有的音變後的音標標示出來。
2）播放 CD 對照答案，並修正先前發音。
3）跟著 CD 朗讀至發音完全一致為止。

1. **my**	my old car	my own son
2. **our**	our roses	our apples
3. **your**	your eyes	your order
4. **their**	their rabbits	their escape

Answer Key

1. my　　　my old car　　　my own son
　　　　　　[maɪjol]　　　　[maɪjon]

2. our   our roses   our apples
            [aʊroziz]   [aʊræb!z]

註：「our roses」相連的單位都是 [r] 所以只要發一次。「apple」= [æp!]，
[p] 夾在母音 [æ] 和夾著小母音的 [!] 之間，所以 [p] 會被強化成 [b]；因
此「people」很多人是唸成 [pibəl] 的喔！

3. your   your eyes   your order
            [jʊraɪz]   [jʊrɔrdɚ]

4. their   their rabbits   their escape
            [ðɛræbɪts]   [ðɛrɪsgep]

■ 字母與品牌中的連音   🔊081

慢速英文 / 一般台式發音	美國人會這麼唸
an S [ən][ɛs]	**an S** [ənɛs]
AIT [e][aɪ][ti]	**AIT** [ejaɪti]
DHC [di][etʃ][si]	**DHC** [dijetʃsi]
SRC [ɛs][ɑr][si]	**SRC** [ɛsɑrsi]
7 am [sɛvən][e][ɛm]	**7am** [sɛvənejɛm]

☼ **即時通：母音開頭的字母**

當一個母音開頭的字母前面或後面有其他單字時，會出現以下兩
種可能的連音組合：

1）前一個單字若是以子音結尾 容易與其產生連音
    ex. an S → [ən][ɛs] → [ənɛs]

2）下一個單字若是以母音開頭，容易與其產生連音
    ex. SRC → [ɛs][ɑr][si] → [ɛsɑrsi]

註：以母音開頭的字母：

ex. **F** [ɛf]　　**H** [etʃ]　　**L** [ɛl]　　**M** [ɛm]

　　N [ɛn]　　**R** [ɑr]　　**S** [ɛs]　　**X** [ɛks]

🔍 解析：

　　許多品牌或單位名稱習慣以字母組合或縮寫的方式來表示；如 AIT 代表的是 "American Institute in Taiwan"。一個名稱內的每一個字母被唸出來時，不可能每唸一個字母，就停個0.5秒，彼此之間井水不犯河水。這麼 "見外" 的唸法，萬一聽者對這個單位不熟悉，如何讓他在第一時間就理解到，這幾個唸起來這麼獨立分明的字母原來是同一掛的呢？一旦唸快，連音在條件俱足的情況下自然會出現。

　　如果我們平時總是一個一個字母慢慢唸，操純正美式發音者一旦以連音的方式帶過，我們還是有可能被考倒。所以建議大家平日看到品牌名稱，不管是以字母群或單字組合出現，一定要試著用連音的方式唸唸看。唸熟了之後，速度儘量越快越好；因為一般日常對話當中，除非說者想特別強調，否則一些專有名詞，特別是人盡皆知的品牌名稱，大家都唸得非常溜的。

即時檢驗 字母與品牌中的連音　　　　🔊082

請寫出每一題的發音。

1. NBA [　　　　　]　　2. NFL [　　　　　]

3. FBI [　　　　　]　　4. ICRT [　　　　　]

5. 7-UP [　　　　　]　　6. HBO [　　　　　]

7. Oil of Olay [   ]

8. Dolce & Gabbana [   ]

9. M&M'S [   ]

10. TOEIC [   ]

　　註：　"Dolce & Gabbana"（[dɔltʃɛngabana]）是義大利文。而當義大利文進入到英文中的發音體系，在 c 加母音的組合上，還是保有原語言的特色，讓 c 唸成 [tʃ]，而母音 e 則保留。所以義大利裔的影帝 Al Pacino（艾爾帕西諾）的名字才唸成 [æl][patʃino]。我們台灣習慣翻成帕西諾其實不是很恰當的。

Answer Key

---

1. NBA [ɛnbije]

2. NFL [ɛnefɛl]

3. FBI [ɛfbijaɪ]

4. ICRT [aɪsijɑrti]

5. 7-UP [sɛvənʌp]

6. HBO [etʃbijo]

7. Oil of Olay [ɔɪləvole]

> 第 1，3，4，6 題有類母音 [j] 來串場了。

8. Dolce & Gabbana [dɔltʃɛngabana]

9. M&M'S [ɛmænɛmz]

10. TOEIC [towɪk]

> 由 [w] 來幫忙母母連音。

慢速英文 / 一般台式發音	美國人會這麼唸
He walked on it.	He walked on it.
We overlooked it.	We overlooked it.
They missed us.	They missed us.
She finally showed up.	She finally showed up.
You played in the morning.	You played in the morning.

🔍 解析：

　　規則動詞的過去式與過去分詞，字尾加了 ed，這原本是我們國中一年級就已經學會的觀念。但在美國人日常生活的言談裡，如果出現了動詞加-ed，而動詞後面緊接著出現的單字又恰好是以母音開頭，幾乎所有人都會將動詞與這個母音起始的單字做連音處理。

　　乍聽之下，這個連法也不過是我們已經討論過的前子後母必連音的規則呈現；但說是這麼說，一旦美國人一飆起速度來，若我們平常自己沒有練熟這樣的連音處理，再怎麼熟的單字組合，聽起來都會覺得很陌生！大大小小的英語測驗裡，這樣的發音方式，更是出題的錄音老師們必唸的重點喔！

即時檢驗 與動詞-ed有關的連音　　　　　🔊084

請先將可能的連音組合標示出來，再播放 CD 訂正、並跟讀至發音與速度與 CD 一致。

1. We talked about it very often.

2. They worked until 5:00.

3. Toby tripped on the ball.

4. We tied it up.

5. I can't believe they used us!

6. Have you picked up your car?

7. They've decided on the outfit.

8. Have you raised your fees again?

9. The victims of tsunami needed us.

10. Jack stayed on after my two weeks are up.

Answer Key
---

1. We talked about it very often.
　　[tɔkdəbaudɪ]　　[vɛrɪjɔfən]

> 有母母連音會出現的 [j] 來串場了。

註："talked" 裡的 ed 原本唸 [t]，但因後有母音，所以變成有聲的 [d] 了喔！

2. They worked until 5：00.
    [wɜkdʌntɪl]

3. Toby tripped on the ball.
    [trɪpdɑn]

4. We tied it up.
    [taɪdɪdʌp]

> [t] 的前後若都是母音的話，則 [t] 要變音為 [d]。
> 這種變音的規則，也常常在 [t] 的好夥伴 [d] 身上找得到唷！

5. I can't believe they used us!
    [juzdʌs]

6. Have you picked up your car?
    [pɪkdʌbjʊr]

> "up" 之後是以類母音開頭的 "your"。
> 類母音跟母音一樣，能將其前之無聲子音強化為有聲。所以 [p] 唸成 [b]！

7. They've decided on the outfit.
    [dɪsaɪdɪdɑn]　[ðijaʊfɪt]

8. Have you raised your fees again?
    [redʒʊr]　 [fizəgen]

> "raised" 結尾的 [d] 與 "your" 的開頭 [j] 一結合起來就唸成了 [dʒ]。

9. The victims of tsunami needed us.
    [vɪkdɪmzəv]　 [nidɪdʌs]

10.Jack stayed on after his two weeks are up.
    [sdedɑnæfdɚ]　 [wiksarʌp]

習題中譯

---

1. 我們常談到這件事。

2. 他們工作到 5 點。

3. 托比踩到球跌倒了。

4. 我們把它綁起來了。

5. 我真不敢相信他們利用我們。

6. 你去牽車了沒？

7. 他們已經挑好衣服了。

8. 你又提高費用了嗎？

9. 海嘯難民需要我們。

10. 雖然兩星期結束了，傑克還是留了下來。

Chapter 3

你可以說得更快

·

聽懂更多

在剛剛開始學習水果的英文名稱時，我們初接觸的一定包含了這個台灣最有名的水果 ──"banana"。它的音標寫起來是 [bənænə]。如果我們仔細看看這個字的拼法，不禁會有一個小小的疑問：咦？當中有三個字母都是"a"，而"a"最原始的相對音標，不就是 [æ] 嗎？為什麼"bananas"這個單字裡，只有第二個"a"唸成它的對應音 [æ]？剩下的兩個"a"為何會唸成 [ə] 這個質量最弱的母音呢？

百思不解之下，翻開字典，發現一個單字裡有同樣字母，卻一個規規矩矩的唸其相對音標音，另一個則不知為何要讀成 [ə]，這樣的情況比比皆是，讓人越想越頭大…。其實，這個發音原理很簡單：這跟「把力量花在刀口上」這句成語很有關係喔！如果我們仔細檢視這些字，拿"banana"來說好了，同樣是"a"會被唸成最原汁原味的相對音標 [æ] 的，是只有出現在第二音節的"a"；而第二音節，也恰好是「重音節」── 整個字聽起來最響亮的所在。「重音節」這三個字常常讓人誤會；畢竟可能會讓我們聯想到中文裡的「沈重」一詞，其實重音節所在的母音聽起來一點都不低沈喔！我們不妨將「重音節」看成是「重要的音節」，因此在唸它的時候，也要特別的加強語氣（stress）吸引所有人的注意力。正因為一個 speaker 的心力都投注在重音節音標上了，如果剩下的輕音節不相對唸輕一點的話，那身體弱一些，或年紀長一點的人，說完一個句子不就要氣喘吁吁了嗎？把最大的氣力花在最重要的音節上，藉以提高一個單字的辨識度，其他則能省則省，這是非常符合人類使用語言的原則與操作上的經濟效益。

單字如此，包含了一串單字的句子更是要「把力量花在刀口上」。為了突顯比較重要的詞性之詞意：如動詞、名詞、等等…很多語意上薄弱的單字，在長句的唸法上更是要以弱化處理的方式，避免喧賓奪主，讓所有的 listeners 鎂光燈都集中在對的地方。這也是為什麼北卡大學的著名語言學家 Ann Cook 教授會說，句子的發音的強弱起伏，讓唸的人彷彿走過 "peaks and valleys"（山峰與深谷）。一路高亢唸到最後一個字，每個音都不想省略，不僅一點都快不起來，也會讓聽的人神經緊張，覺得你不僅英文還要加強，可能還有一點點過 high 的傾向…"

在建立起不重要的音或語詞可以弱化，以襯托其他重要單字的觀念之後，本章的第二部份則是要帶同學快速的掌握弱化系統的最極致 —— 消音規則，一舉將說英文的速度調整到最快速的境界。

要 "Say it right" 才能 "Listen smart"！想聽懂更多，沒有死角，除了從第一、二章建立起來的變音、連音基礎，Chapter Three 裡的所有重要發音規則，更是說好英文，進而聽懂英文最後的 "finishing touches"（臨門一腳）。You are only a chapter away from the native-like pronunciation!（離正統發音，你只差這個chapter了），同學們加油喔！

■ Function Words 的弱化 🔈085

介系詞、連接詞、冠詞…等，在語言學上稱為 "function words" －本身在句中的「文法功能」，遠遠超過其不明顯的「語意」。在能省則省的原則之下，註定無法得到太多「關愛的眼神」。

動詞、名詞及形容詞，則因掌握了一個句子的實質語意內容，所以被稱做 "content words"。為避免聽者誤解，一切都得照規矩來唸。

☼ 即時通：Function Words 的弱化

介系詞、連接詞、冠詞…等語意薄弱的功能字，在快速演說時，可以將其母音一律弱化為音質最弱的母音 [ə]。

介系詞

in [ɪn] → [ən]　　　　　**to** [tu] → [tə]　　　　　**for** [fɔr] → [fər]

of [ɔv] → [əv]　　　　　**or** [ɔr] → [ər]　　　　　**at** [æt] → [ət]

冠　詞

a [ə] → [ə]　　　　　　**an** [æn] → [ən]

連接詞

and [ænd] → [ənd]　　**or** [ɔr] → [ər]　　**but** [bʌt] → [bət]

即時檢驗 Function Words 的弱化 　　　　🔊086

請跟著 CD repeat 並注意連音處的變化。（第一次為慢速連音；第二次是快速連音。）

in　[ən]

1. in an hour	→	[ɪnənaʊr]
2. in a hurry	→	[ɪnə]
3. in an easy way	→	[ɪnənizɪ]
4. Who's in it?	→	[wuzɪnɪ]
5. Put it in a box.	→	[pʊdɪdɪnə]
6. He was killed in a war.	→	[kɪldɪnə]

———————————— 習題中譯 ————————————

1. 在一個小時內。

2. 急忙地。

3. 很輕鬆地。

4. 誰在裡面。

5. 把它放在盒子裡。

6. 他在戰爭中身亡了。

To [tə]

1. to dance	[tədens]
2. to watch	[təwɑtʃ]
3. to eat	[təwi]

[w] 在母母連音間出現了，字尾 [t] 可以不唸。

4. Someone has to do it.	[həztə]

"it" 的母音也弱化為 [ə] 了。

5. We know how to get it.	[haʊdə]
6. She works from eight to five.	[edə]

習題中譯

1. 跳舞

2. 看

3. 吃

4. 要有人做。

5. 我們知道怎樣拿到它。

6. 她從八點上班到五點。

Or [ər]

1. Coffee or tea?	[kɔfijər]
2. rain or shine	[renər]
3. Red or white?	[rɛdər]
4. Take it or leave it, I don't care.	[tegɪdərlivɪ]
5. It costs me five dollars or so.	[dɑləɚzərso]
6. Dad never smokes or drinks.	[smoksər]

─────────── **習題中譯** ───────────

1. 要咖啡還是茶？

2. 下雨或晴天。

3. 要紅色還是白色？

4. 要不要隨你。

5. 它大概花了我五塊錢。

6. 爸爸從來不吸煙或喝酒。

Of [əv]

1. A glass of champaign.	[glæsəv]
2. A piece of cake.	[pisəv]
3. as a matter of fact.	[əzəmædəəfækt]
4. Shrek became the talk of the town.	[tɔgəv]
5. No one checked our time of arrival.	[tʃɛkdaʊr] [taɪməv]
6. How kind of you to buy us apples!	[kaɪndəvju] [baɪjəs]

習題中譯

---

1. 一杯香檳。

2. 一塊蛋糕。

3. 事實上。

4. 史瑞克變成話題人物。

5. 沒有人查我們的抵達時間。

6. 你人真好，還買蘋果給我們吃！

For [fər]
◀070 090

1. for you	[fərju]
2. for all	[fərɔl]
3. for our country	[fəraʊr]
4. Jeff is staying for good.	[fərgʊ]
5. Please come in for a drink.	[kʌmɪn][fɔrə]
6. They didn't go there for fear of bears.	[fɪrəv]

--- **習題中譯** ---

1. 給你的。

2. 給大家的。

3. 為了我們的國家。

4. Jeff 這次留定了。

5. 請進來喝點東西。

6. 他們因為怕熊在那個地方出沒，所以取消了行程。

At [ət]

1. at the door.　　　　　　　　[əðədor]

2. at school.　　　　　　　　　[əsgul]

3. not at all.　　　　　　　　　[nɑdədɔl]

* 4. I never smoke at work.　　　[smogə]

* 5. It sometimes snows at Christmas.　[snozə]

* 6. He stopped working at the age of 50.　　[wɜgɪŋə]

　　註＊：以 t 跟 d 結尾的 "at" 和 "and"，若後面的單字開頭為子音，則大多
　　　　數的美國人在快速發音時會將 t 或 d 消音。

習題中譯

---

1. 在門口。

2. 在學校。

3. 一點都不。

4. 我上班時從不抽煙。

5. 在聖誕節有時會下雪。

6. 他在五十歲的時候就不工作了。

And [ənd]

◀ 092

1. wait and see   [wedənsi]

2. and so on   [ənsowɑn]

3. in and out   [ənənɑʊ]

4. on and off   [ɑnənɔf]

5. If you want it, come and get it.   [wɑndɪr][kʌməngɛdɪr]

註＊：[t] 除了被母音包夾會變成 [d] 外，以下兩種情況也會產生 [d] 的讀音：（1）鼻音 + [t] + 母音；（2）流音 + [t] + 母音。（流音＝ [l] [r]）

6. The soldiers waited for hours and hours.   [ɑʊrzənɑʊrz]

7. Let's solve the problem once and for all.   [wʌnsənfərɔl]

─────────── **習題中譯** ───────────

1. 等著看

2. …等等

3. 進進出出

4. 斷斷續續

5. 如果你要就來拿呀！

6. 士兵們等了好幾個小時。

7. 讓我們把問題一次解決。

■ 助動詞can與can't：幫不上忙的兩個論述

從開始學習英文以來，很多同學應該都對如何在聽的時候區分出 can 跟 can't 的不同提出過疑問。最常聽到的答案，不外乎以下兩種論述：

1. can vs. can't= 有 [t] 或沒 [t] 之爭

翻開字典仔細比較一下：肯定語氣的 can 音標寫成 [kæn]，而否定寫法 can't 就唸做 [kænt]。於是，大家很容易以為 can 跟 can't 的不同，就在字尾有無發出 [t]。然而，我們知道，字尾的無聲子音 [t]，在快速演說時是常常被消音的。要完全依賴這個被「滅口」了的 [t]，來聽出 can 與 can't 的差異性，恐怕會很失望。

2. can vs. can't= [kən] vs. [kæn]

根據我們本章學過的弱化原則，只要一個單字其文法功能，勝過字義（function word），在快速演說時，母音會被弱化成最小單位的 [ə]。因此，許多原文的美語正音書籍上說，美國人習慣在話一飆快時，把 can 唸成母音被弱化了的 [kən]；至於否定式的 can't，為了跟 can 劃清界線，於是保留了原來的母音，不去弱化它，而唸成 [kæn]（字尾 [t] 消掉了喔）。因此，肯定與否定式的差異性變成了母音之爭－[kən] vs. [kæn]。這種區分方式，的確得到許多文獻上的背書，更不乏資深的語音研究者肯定。

3. 大家一起來踢館！

然而，如果第二項假設是正確的，那麼，為何在如 Longman 等權威性的字典上，can 會有兩種寫法 [kən] 以及 [kæn] 呢？

仔細一看，在 [kæn] 的發音用法上，字典裡的註明是 "strong"（強調語氣）。那麼，試問，如果在說話的人情緒激昂、或想強調論點時，can= [kæn]，can't 也等於 [kæn] －那麼兩個用法之間不就沒有任何差別了？

🔆 即時通：can 與 can't 的辨音

一般語氣時：can vs. can't = [kən] vs. [kæn]

強調語氣時：can vs. can't = [kæn] vs. [kæn_]

當字尾的 [t] 被消除時，會留下一拍的空檔（上面以空格底部劃線標示）而原本應該唸 [t] 的地方熊熊出現了一個裂縫會造成：

1. 前一個音節補償 的增強，聽起來比加強版的 can 還要大聲。
2. 急停一拍，尾音會有突然中止的停頓感（glottal stop）！大家只要把握這兩個原則，應該可以輕鬆聽音辨認。

即時檢驗 **請跟著 CD 朗讀下面的句子** 🔊 093

can [kən]	can [kæn]	can't [kæn_]
一般口氣	強調語氣	字尾 [t] 去掉
I can do it.	I CAN do it!	I can't do it.
You can leave.	You CAN leave!	You can't leave.
Why can it run?	Why CAN it run?	Why can't it run?
She can nod.	She CAN nod !	She can't nod.
When can I see you?	When CAN I see you?	When can't I see you?

✏️ 趙老師的叮嚀

仔細對照 She can nod. 跟 She can't nod. 兩句錄音，會發現 can nod 因兩個字接壤的音均為 [n]，所以 [n] 只要發一次；在否定句裡的 can't nod，因為 [t] 被消音後留下的空格，反倒可以很清楚聽到 nod 開頭的 [n] 喔！同樣在 When can I see you? 這個句子裡，can I 因為連音的關係，唸成 [kənaɪ] 或 [kænaɪ]；在否定句裡，一樣因為 [t] 留下的空檔，造成 can't I 只得唸成 [kæn_aɪ]。只要把握這些對比，就再也不必傷腦筋囉！

" of " [əv] 與六人行的「喬伊」

剛剛才風光落幕的美國影集「Friends」－六人行裡為人所注目的，除了布萊德彼特的美麗前妻－珍妮佛安妮斯頓之外，還有搞笑的 Joey 喬伊（Matt Le Blanc 飾）。

喬伊總是少一根筋，有時又自戀加白目，是常常讓劇情變得更爆笑的靈魂人物。可惜的是，脫線如他，永遠只能當個三流的跑龍套演員；肚子餓了也只能偷吃室友冰箱裡的食物⋯

有一天，衰尾的喬依居然臭屁的表示，自己就要鹹魚翻身了！因為他的經紀人幫他爭取到了與大名鼎鼎的影帝－勞勃迪尼洛一同演出的機會！只見喬伊這下喜不自勝，當場在眾好友面前，忘形的模仿起勞勃迪尼洛說話的口吻。其中有一句台詞是："The court is out of order! The whole world is out of order!"這段台詞，Matt Le Blanc 是這麼發音的 "The court [ɪzauðəvɔrdə]！The whole world [ɪzauðəvɔrdə]！"當中的 "of" 完全是以弱化的方式，不唸 [ʌv]，而是 [əv]！一旦這麼唸，整段話由於弱化，加上前子音後母音的經典連音組合，速度瞬間快了起來，更能彰顯喬伊當時興奮溢於言表的狀況。

By the way，最後到底喬伊一戰成名了嗎？應該是沒有，因為他演的是迪尼洛在 shower 時的背面替身⋯

在快速說英語時，子音中的 [t] 或 [h] 唸起來比較費力。這兩個音雖然發音位置大不相同，一個是在前排牙齒附近發出的擦爆音，另一個則是靠近我們吞東西的喉嚨入口。在發這兩個音的時候，喉嚨送出的氣流比其他無聲子音都要來得強烈。單一個字唸時已經有點麻煩，連成一氣的長句時，聽起來就是坑坑巴巴的，怎麼樣都流暢不起來！本單元的練習重點就是要掌握跟這兩個無聲子音有關之所有常見的音變類型。光是弱化它們，並不能把我們的 speaking 與 listening 調整到最極速；面對這兩個 troublemakers，最有效率的處理方式就是 "Shut them up!" —— 將它們消音！

一般純正美式發音的日常會話裡，這個音變規則是說得最快的方式。這跟我們台灣同學總是老老實實的方式比起來，消音的版本在聽覺上造成的差異性，或許比前兩個章節的所有的變音作用都還要更 shocking 喔。同學們一定要多多練習幾次；在本書的練習完成之時，也務必豎起你的耳朵，在欣賞 HBO 或 Cinamax 的節目的時候，偶爾也在片中找找看我們練習過的發音。你會很驚訝的發現（a pleasant surprise）原來，早在你還沒練習這本書之前，native speakers 一直都是這麼飆英文的！

■ [h] 的消音

☀ **即時通：第三人稱之受格**

以 [h] 為首的代名詞（he）所有格（his）與（him）助動詞
（have）在快速發音或連音時，開頭的 [h] 會被消音。

原本唸法		母音弱化		[h] 消音
him [hɪm]	→	[həm]	→	[əm]
her [hɝ]	→	[hər]	→	[ər]
them [ðɛm]	→	[ðəm]	→	[əm]

ex. **I like him.**   **I like him a lot.**
[aɪlaɪk hɪm]   [aɪlaɪgəməlɑt]

　　 I like her.   **I like her a lot.**
[aɪlaɪk hɝ]   [aɪlaɪgərəlɑt]

　　 I like them.   **I like them a lot.**
[aɪlaɪk ðɛm]   [aɪlaɪgəməlɑt]

🔍 **解析：**

1. 受格在語意上不比動詞、名詞等 content words（有實質意義
的字）來得明顯。所以母音也會在快速發音時被弱化為 [ə]。

2. 「them」不是 [h] 開頭的受格，卻還是常常被消音處理。或
許這是speakers「一竿子打翻一船人」規則的「過度延伸」
（overgeneralization）。畢竟 "them" 是受格，是 him /
her 的複數，太容易讓說的人對它一視同仁。

此外，不可否認的是，"th" 開頭的這個受格，的確也因為要
吐出舌頭，而讓帶有這個子音的句子唸到一半會頓了一下；對
於想把英文唸快的人來說，"th" 不唸真的讓句子順口多了！

☀️ **即時通：助動詞「have」的組合** 🔊 095

原本唸法 　　　　　　　母音弱化＋[h] 消音

could have → **could h͡ave** → **could've**
[kʊd][hæv]　　　　　[kʊd][əv]　　　　　[kʊðəv]

should have → **should h͡ave** → **should've**
[ʃʊd][hæv]　　　　　[ʃʊd][əv]　　　　　[ʃʊðəv]

would have → **would h͡ave** → **would've**
[wʊd][hæv]　　　　　[wʊd][əv]　　　　　[wʊðəv]

must have → **must h͡ave** → **must've**
[mʌst][hæv]　　　　　[mʌst][əv]　　　　　[mʌsdəv]

might have → **might h͡ave** → **might've**
[maɪt][hæv]　　　　　[maɪt][əv]　　　　　[maɪðəv]

that have → **that h͡ave** → **that've**
[ðæt][hæv]　　　　　[ðæt][əv]　　　　　[ðædəv]

🔍 **解析：**

1. 跟受格一樣，助動詞 "have" 的弱化共有兩個步驟：
   [h] 的消音，以及母音弱化為 [ə]。當 "have" 弱化完成，由於
   [h] 已經消失了，這個字變成以母音開頭；這時如果恰好前一個
   單字是以子音結尾，那麼就極可能在快速發音時，出現前子音、
   後母音的連音經典組合，如上面的 "could've [kʊðəv]"。

2. 既然 [h] 已經消失了，前一個單字若以無聲子音結尾的話，就可
   以直接和 "have" 的母音進行前子後母的連音組合；而無聲子音
   之後若緊鄰著母音，則容易出現被母音強化為有聲子音的音變作
   用；如 "might have"（[maɪt həv]）的 [t]，在 [h] 消音之後，它
   的前後都是母音，所以它不僅被強化為有聲子音，還因為一次被
   兩個母音包夾而變成美式英文專有的音標 [d]（[maɪdəv]）了！

3. 另外值得一提的是，單字結尾如果是 [v] 或 [f]，而下一個字不是母音，不能與之進行連音時，美國人一處理起這樣的組合，我們就算很用力聽，似乎也聽不到這兩個子音被發出來…。沒錯，他們好像有一點的「偷懶」。所以同學們也可以有樣學樣，遇到 [v] 或 [f] 結尾的單字時，兩顆上門牙輕咬下唇一秒就 ok 了；不必停留太久，或在咬的同時，刻意發出聲音。那樣速度不僅會變慢，聽起來也會有點傻氣呀…

☀ 即時通：代名詞「he」的組合　🔊096

肯定句

原本唸法	[h] 消音
Is he [ɪz hi]	[ɪzi]
Does he [dʌz hi]	[dʌzi]
Did he [dɪd hi]	[dɪdi]
Has he [hæz hi]	[hæzi]
Will he [wɪl hi]	[wɪli]
Can he [kən hi]	[kəni]
Would he [wʊd hi]	[wʊdi]
Could he [kʊd hi]	[kʊdi]
Should he [ʃʊd hi]	[ʃʊdi]

否定句

原本唸法	[t] 消音	[h] 消音
Isn't he [ɪznt hi]	[ɪzn hi]	[ɪzni]
Doesn't he [dʌznt hi]	[dʌznhi]	[dʌzni]
Didn't he [dɪdnt hi]	[dɪdn hi]	[dɪdni]

Won't he [wɔnt hi]　　[wɔn hi]　　[wɔni]

Hasn't he [hæznt hi]　　[hæzn hi]　　[hæzni]

Can't he [kənt hi]　　[kən hi]　　[kəni]

Wouldn't he [wʊdnt hi]　　[wʊdnhi]　　[wʊdni]

Couldn't he [kʊdnt hi]　　[kʊdn hi]　　[kʊdni]

Shouldn't it [ʃʊdnt hi]　　[ʃʊdn hi]　　[ʃʊdni]

註："didn't he"、"Wouldn't he"、"Couldn't he" 及 "Shouldn't it" 中 [n]前面的 [d] 可以在最快速演說時消音－詳見 p.138~140 的解說。

🔍 **解析：**

1. 在代名詞 "he" 與助動詞的組合裡，我們仍然可以看到 [h] 被消音之後，"he" 的母音得以與前一個字直接接觸，也呈現出了前子音後母音的經典連音組合。要特別提醒同學的是，助動詞的否定型式雖然以 [t] 結尾，但是在要「連就連個痛快」以及「效率至上」的考量之下，[t] 這個費力卻無聲的擦爆子音，也跟著 [h] 人間蒸發，消失在我們的快速發音中…

2. 一旦開頭的 [h] 消音，會造成以下的句組聽起來更接近－差異性變成要以代名詞的母音來區分喔！

🔊 097

HE	IT
Where is he? [wɛrɪzi]	**Where is it?** [wɛrɪzɪ]
Has he gone? [həzigɑn]	**Has it gone?** [həzɪ_gɑn]
How does he work? [haʊdʌziwɜk]	**How does it work?** [haʊdʌzɪ_wɜk]

> t 消音稍微停頓。

要輕鬆聽出 he 跟 it 在類似以上的句子中的差別,對於台灣同學來說,除非母音的基礎打得很好,練習得很熟了,否則一開始真的有點吃力。其實,除了全神灌注在母音 he / [i] 與 it / [ɪ] 的對比外,由於 it 的結尾的 [t] 是無聲子音,在上面的句子裡,美國人的習慣是不發出 [t] 的音來;因此,在抽離了 [t] 之後,會留下一個小小的停拍空檔喔(在上面的練習裡以底部橫線表示)!如果可以把握這點,反覆聽 CD 的唸法,大家將會發現,he / it 之間的差別在剎那間已經放大了許多喔!

即時檢驗 [h]的消音 　　　　　🔊 098

請預測 AB 兩種練習中的所有音變作用,並做出記號。

A. 問句裡的代名詞:

1. When <u>does he</u> go to church?

2. Where <u>did he</u> drop you?

3. Who <u>should he</u> ask?

4. How <u>would he</u> know?

5. Why <u>did he</u> tell us?

B. 直述句裡的受格/代名詞: 　🔊 099

1. Please tell Troy that I miss him.

2. Wherever the Beckhams go, paparazzi follow them.

3. Charlize wants her fans to leave her alone.

4. That pirate wants the coins? Just tell him he can have them!

5. Don't tell her that her car was on tow. That would make her crazy!

C. 助動詞+he、助動詞+have　◀100

（單字前打 * 號者，請參考下一個單元－ [t] 的消音）

A：Hey, did you hear what happened to Drew yesterday in class?

B：Let me guess...he fell asleep again, * didn't he?

A：No. He is more creative than that, isn't he? Besides, Dr. Cole said if he'd ever doze off in his class, he would flunk him for sure. Plus, he would probably go straight to Drew's mom and tell her that her son is a lazy bone.

B：Oh, get out of here! He wouldn't go that far, would he?

A：You could try him yourself if you want...

B：Come on. Seriously. What on earth did Drew do?

A：Well, Drew knew that he had to keep himself awake, so he asked Pam to pinch him when he dozed off.

B：Pam? With those muscles of hers, a single pinch would've killed anyone on earth. Tell me she didn't get to do it...or...did she?

A：Well, she did. What made it worse was that Drew actually screamed when Pam did it!

B：Gee... He really shouldn't have come up with such a lame idea.

A：Yeah, you should've seen Dr. Cole's face when he heard the scream. His face turned as green as Shrek's.

B：That I can imagine. After all, Dr. Cole is a bit of an ogre himself, isn't he? Well, I guess Drew is in deep shit this time, isn't he?

A：I bet he is.

Answer Key

A. 問句裡的代名詞：

1. When does he go to church?

2. Where did he drop you?

3. Who should he ask?

4. How would he know?

5. Why did he tell us?

B. 直述句裡的受格／代名詞

1. Please tell Troy that I miss him.
   [ðædaɪ] [mɪsəm]

2. Wherever the Beckhams go, paparazzi follow them.
   [fɑlowəm]

3. Charlize wants her fans to leave her alone.
   [wɑntsɚ]   [livɚəlon]

"wants her" 裡的連音 [tsɚ] 聽起來很像「嘖嘖稱奇」的「嘖」。
這也是 [ə] 這個母音影響了 [ts] 的證據喔！

130

4. That pirate wants the coins? Just tell him he can have
   them.
   [tɛləmigənhəvəm]

5. Don't tell her that her car was on tow . That would make her
   [tɛlɜ]   [ɚædʒ]   [wɑzɑn]   [megɜ]

   crazy!

C. 助動詞＋he、助動詞＋have

A：Hey, did you hear what happened to Drew yesterday in
   [dɪdʒju]   [wɑdæbən]   [jɛsdɚdejən]

   class?

   [p] 被母音強化為 [b] 了。

B：Let me guess...he fell asleep again, didn't he?
   [fɛləslibəgɛn]

A：No. He is more creative than that, isn't he?
   [ɚædɪzəni]

   "that" 的 [t] 可以保留下來跟後面的母音連音！

   Besides, Dr. Cole said if he'd ever doze off in his class,
   [sɛdɪvi]   [dozɔvɪnɪz]

   he would flunk him for sure.
   [flʌŋgəm]

   Plus he would probably go straight to Drew's mom and
   [stredə]   [mɑmən]

   "to" 的 [t] 被兩個母音包夾住了 所以要唸 [d] 喔！

   tell her that her son is a lazy bone.
   [tɛlɜ]   [ɚædʒ] [sʌnɪzə]

B：Oh, get out of here! He wouldn't go that far, would he?
   [gɛdaudəv]   [wʊdi]

   "Get out of here!" 不是真的叫聽的人滾開。
   它的意思比較像是「少來！」表示自己一點都不相信的意思。

A：You could try him yourself if you want...
　　　　　　[traɪjəm]　[jursɛlvɪvju]

有母母連音 [j] 來串場喔！

B：Come on. Seriously. What on earth did Drew do?
　　[kʌmən]　　　　　　　[wadɑnɜθ]

A：Well, Drew knew that he had to keep himself awake,
　　　　　　　　　　　　　　[ðædi]　　　　　　[kibəmsɛlvəwek]

so he asked Pam to pinch him when he dozed off.
　　[sowijæsk]　　　　　[pɪntʃəm]　　[wɛni]　　[dozdɔf]

兩個類母音 [j] [w] 都出現了！

B：Pam? With those muscles of hers, a single pinch

would've killed anyone on earth. Tell me she didn't
　　[wʊdəv]　　[kɪldɛnɪwʌnɑnɜθ]

get to do it...or...did she?
　　[gɛdəduwɪ]

A：Well, she did. What made it worse was that Drew
　　　　　　　　　　　[medɪ]

actually screamed when Pam did it.

B：Gosh... He really shouldn't have come up with
　　　　　　　　　　　　　[ʃʊ_nəv]　　[kʌmʌpwɪ¥]

such a lame idea.
　　[sʌtʃəlemaɪdiə]

A：Yeah, you should've seen Dr. Cole's face when he
　　　　　　　[ʃʊdəv]

heard the scream. His face turned as green as Shrek's.
　　　　　　　　　　　　　　　　[tɜndəz]　　[grinəz]

B：That I can imagine. After all,
　　　　[kənɪmædʒən]　[æfdɜɔl]

132

Dr. Cole is a bit of an ogre himself, isn't he?
[kolɪzəbɪɗəvənogɜɪmsɛlf]

Well, I guess Drew is in deep shit this time, isn't he?
[druwɪzɪn]

A：I bet he is.
[aɪbɛɗɪjɪz]

─────────────── **習題中譯** ───────────────

A. 問句裡的代名詞：

1. 他什麼時候上教堂？

2. 他在哪裡讓你下車的？

3. 他得問誰？

4. 他怎麼會知道？

5. 他為什麼要告訴我們？

B. 直述句裡的受格／代名詞

1. 請跟 Troy 說我想他。

2. 貝克漢夫婦走到哪，狗仔隊就跟到哪。

3. Charlize 希望影迷們能不要再跟著她。

4. 那海盜想要這些金幣？叫他全拿去！

5. 不要告訴她車子被拖吊了－她聽了會抓狂！

C. 助動詞＋he、助動詞＋have

A：喂！你聽說昨天上課的時候 Drew 發生的事了嗎？

B：嗯⋯我想想看⋯他又睡著了，對不對？

A：不是⋯他應該比這個更有創意的，不是嗎？並且，Dr. Cole 說過，如果 Drew 在課堂上再打一次瞌睡，他就要直接去找 Drew 的媽媽告狀－跟她說她的兒子是個懶惰蟲！

B：喔！不會吧！他會做到那種地步嗎？

A：想知道會不會，你自己可以試試看呀⋯

B：唉！說真的啦！Drew 到底幹了什麼好事？

A：嗯⋯他知道上課時要盡力保持清醒，所以拜託 Pamela 在他打瞌睡的時候捏他一把。

B：Pam？任何人被她那種肌肉女捏一下都會死吧！她不會真的捏了吧？還是⋯？

A：嗯⋯她真的捏了。更慘的是 Pam 捏下去的時候，Drew 還尖叫！

B：天啊⋯他真的不應該想出這麼爛的點子！

A：沒錯！你真的應該看看 Dr. Cole 聽到尖叫聲的時候的表情，他的臉變得比史瑞克還要綠。

B：我可以想像。畢竟 Dr. Cole 跟怪物沒甚麼兩樣不是嗎？嗯，我猜這次 Drew 糗大了，對吧？

A：一定的。

▶Show time!

[h] 的消音與「變臉」

　　大家一定對「Face off 變臉」最後尼可拉斯凱吉（Nicholas Cage）與約翰屈伏塔（John Travolta）在教堂裡的大決戰印象很深刻吧！除了大量出現的慢動作躲子彈跟開槍鏡頭外，有機會的話，我們可以仔細分析一下他們的對話：當約翰屈伏塔以妻小的安危來要脅凱吉就範時，凱吉說了："Leave them alone!（不干他們的事！）"當時的情勢一觸即發，不小心的話一定會擦槍走火，哪還有時間一個字一個字慢慢唸！於是凱吉的發音當然是："[livəmələn]"，把受格 them 弱化到了最小單位，同時也造成了前子後母的連音組合。另外，值得一提的是，當情勢逆轉，凱吉從背面架住屈伏塔時，壞蛋屈伏塔仗著自己的臉已經被換過，居然教唆凱吉的女兒開槍射殺自己的父親；當凱吉不斷大喊，自己才是女兒的親生父親，屈伏塔說了："Don't listen to him!"用的也是弱化與連音的方式：Don't listen to him [təwəm]。講太慢的話，腦袋可能就開花了，那種情況下不弱化 him 這個受格還得了！

■ [t] 的消音

無聲子音 [t] 在以下四種組合會被消音：

1. 當無聲子音 [s] 與 [t] 相遇
2. [t] 結尾的形容詞變副詞
3. 王不見王的 [n] 與 [t] – [t] 在 [n] 後
4. 王不見王的 [n] 與 [t] – [t] 在前（[t] ＋母音＋[t]）

☼ 即時通：當無聲子音 [s] 與 [t] 相遇　　🔊101

字中：**listen, fasten, hasten**

字中：**castle, whistle, bustle**

字尾：**cast, dust, list, west**

🔍 解析：

1. 同學是否注意到了上面例子裡的 [st]，可以分佈在字中、或是字尾，唯獨不見 [st] 在字首的組合。這是為什麼？其實，因為 [st] 都是無聲子音，響亮度不但不夠，唸的時候喉嚨要先送氣，後急停頓音，對 speakers 來說，是極吃力又不討好的組合（唸再用力還是無聲呀。）因此，被消音是意料中事。不過，要把 [st] 裡面比較難唸的 [t] 給滅口，說的人還是不可以太囂張，一定要到 listeners 比較注意不到的地方才「動手」。字首對於許多英文單字來說，往往是重音所在，也是眾人注意力開始集中之處；在句首做消音，聽起來一定很奇怪，也容易被抓包喔！（原本應該是聲音最強之處，卻突然斷電⋯）

2. 有時候如果 [t] 有利用價值的話，就不會落到被消音的下場（發音的世界還真是心機重呀）。如果 [t] 的所在地，不是句中最後一個單位，緊跟著它出現的單字，又是以母音起頭的話，這時候會形成連音的最經典款—前子後母的組合。比起消掉 [t]，這必然好唸多了。如 the rest of us 中，"rest" 跟 "of" 可以變成 [rɛsdəv] 的好唸組合；難怪 [t] 得以逃過一劫！

💡 **即時通：** [t] 結尾的形容詞變副詞： 🔊 102

mos*t*ly	**recen*t*ly**	**instan*t*ly**
frequen*t*ly	**grea*t*ly**	**defini*t*ely**

🔍 **解析：**

1. 跟上面的例子一樣，很多副詞都是直接在形容詞後面加上了 "ly" 變成的。如果原字根的形容詞本身以 [t] 結尾的話，則美式發音裡習慣先將 [t] 給消音，然後再唸出 "ly"。這應該不難理解，畢竟我們已經見證過太多次，[t] 因為無聲又費力，而慘遭消音的情形。

2. 形容詞若以 [d] 結尾的話，似乎是受到了它的無聲 partner [t] 的拖累，在加了 "ly" 變成副詞的時候，[d] 也會遭受「池魚之殃」而被消音喔！例如：rapidly [ræbɪ_lɪ]（Note：[p] 被緊跟在後的母音 [ɪ] 給強化成有聲子音了）。

💡 **即時通：王不見王的 [n] 與 [t] － [t] 在 [n] 後** 🔊 103

en*t*erprise [ˈɛnɜpraɪz]

in*t*ernational [ɪnɜnæʃənl]

in*t*ernet [ˈɪnɜnɛt]

in*t*roduce [ɪnrˈdus]

percen*t*age [pɜsɛnədʒ]

🔍 **解析：**

1. [n] 跟 [t] 的避不見面，其實問題還是出在 [t] 身上。

[t] 的「顧人怨」，我們練習到這個單元，應該是再熟悉也不過了；但為何有了 [n]，緊跟在後的 [t] 必消無疑呢？其實，只要同學用我們在 Chapter One 努力調整過來的漂亮發音唸一下這兩個音標，答案就昭然若揭了…發現了嗎？原來 [n] 跟 [t] 還挺像的－除了前者是持續發聲的有聲子音，而後者是唸到一半突然停頓的無聲子音外，它們兩個發音時的舌尖都在前排門牙！既然如此，為了不浪費氣力唸兩次，反正都是齒槽附近發出來的音，少唸一個無聲子音 [t]（反正它也常被消音…），不但不會降低單字的辨識度，也能讓發音流暢。難怪美國人說話一快，就可能出現這樣的消音處理！

2. 當然，[t] 要被消音，雖然唸的人會覺得輕鬆，但是也不能抓到 [n] 跟 [t] 湊在一起時，就不分青紅皂白，把 [t] 踢掉再說；消音動作雖然是說話的人想省力氣，所做出來的極致弱化處理，但是絕不能太明目張膽，在重音節上動手腳。若 [t] 在重音時，是絕對動它不得的，這是 [t] 消音的 primary concern！
同學們不妨把以下這幾個位於重音節的 [t] 都消掉看看：
intend, intrude, interrogate, integrity, intact...有機會的話遇見美國來的朋友或客戶，勇敢走向前去，對他唸出剛剛這幾個被隨便消掉 [t] 的單字…恐怕他會冷汗直流，並且額頭冒出三條黑線吧…。

☼ 即時通：王不見王的 [n] 與 [t]–[t] 在前（[t]＋母音＋[n]）

🔊 104

飆高 ←

mountain

停一拍 →   ↘ [n] 收尾音

1. [t] 消音；
2. [t] 前面之音節聲音飆高，唸完後稍停一拍；

3. 字尾母音 [ə] 不唸，只唸 [n]。

一般唸法　　　　　　　　[t] 的消音

ex. **written**
[rɪtən]

written
[rɪ_n]

wooden
[wʊdən]

wooden
[wʊ_n]

accountant
[əkaʊntənt]

accountant
[əkaʊn_n]

🔍 解析：

當 [t] 跟 [n] 中間隔著一個母音時，似乎也改變不了它們之間的消長關係－ [t] 一定是被消音的那個。但 [t] ＋母音＋ [n] 的消音方式操作，不單單只是把音給消掉而已； [t] 的消失還引發了幾個連鎖反應：

1. 如上面圖表所示， [t] 消音後，整個單字唸到一半，會有一個空拍不唸。雖說它只不過是個無聲子音，但是整個字在聲音的質量上，還是不免跟原本的唸法有點微小的落差。不知是說的人心虛還是怎樣，為了彌補 [t] 撤離之後留下的空位， [t] 之前的音節通常會被唸得比平常高亢，讓整體的份量聽起來似乎完整無缺。

2. [t] 留下的空位既然已經被第一音節的增強給掩蓋過去了，到了字尾的輕音節，音量驟減；這時，就算我們再動一些手腳，做了省力的弱化動作，應該也不會被發現。這就是為什麼，美國人連原本的音質最弱母音 [ə]，都一併被省了下來，只唸 [n]；讓人聽到這個單字的音開頭，跟結尾與原本拼法一模一樣，那麼應該就察覺不出唸的人偷偷把 [t] 拿掉吧…。為了好唸，可以唸得更不費力、更快，native speakers 真是用心良苦呀！

3. 這個消音規則的應用範圍，再次包含了被 [t] 所「帶衰」的 [d]。所以 [d] 母音 [n] 的組合如果出現在字尾，一樣可以進行

[d] 的消音。如上面例子中的 "wooden" 這個字，[d] 是可以不唸的。同樣的，像 "accountant" 之類的字，字尾的 [t] 被消音後，整個單字的結尾也成了 [t] 母音 [n] 的組合，因此也可以一併納入這個消音體系喔！

🖊 趙老師的叮嚀

對於我們在 Chapter Two 稱呼 [t] 這個音是 "troublemaker"，在大家認真的讀完第三章最後一個單元之後，應該會更有同感。為什麼美國人說英文要這麼…嗯…「偷工減料」呢？這讓我們在考試或溝通時真是吃足了苦頭啊！尤其，光是一個 [t] 就有這麼多變化！不過，還是要不停提醒大家，音變作用裡的弱化也好，消音也一樣，立意都是想讓溝通更有效率；所以這個現象應該是 "universal" －全世界都找得到的！下次如果真的練習到想摔書，或想直接往面前嘰哩咕嚕連音講不停的美國人肚子上一拳ㄇㄠ下去時，先別衝動，想想我們台灣同學說中文的時候也一樣呀…像是「摩托車」這個字，當我們平常在跟朋友聊天，說話速度一快，或心情輕鬆時，「摩托車」很多人會唸成「摩-ㄛ-車」。中間原本會比較費力的「托」（開頭為無聲塞音 [t]），更是被簡化到只剩「ㄛ」這個母音了。所以我們一點生氣的立場都沒有呀。只是可憐了 [t] 這個音，不管到哪個國家，被討厭好像是它唯一的命運呢…所以，Let's stop complaining. Do something about it! 把最後一個單元的習題徹底練習過後，就是你豎起耳朵打開電視、欣賞電影、參加英測、甚至面對外國客戶，實際驗收成果的時候了！加油！

即時檢驗 [t]的消音　　　　　　　　◀ 105

1）請預測每題的連音，並將所有的音變後的音標標示出來。
2）播放 CD 對照答案，並修正先前發音。
3）跟著 CD 朗讀至發音完全一致為止。

1. Their marriage is very sudden.

2. This printer is jammed.

3. Please knock before you enter.

4. I definitely don't wanna smell the rotten eggs.

5. The farmers cast seeds around the castle.

6. Your seatbelt is loose. Please tighten it up.

7. The sky lightened instantly after the rain.

8. President Clinton enjoyed climbing the mountain.

9. Let me introduce you to my image consultant.

10. Binladen had an interview with a war conrrespondent.

11. Many of the students think it's a good entertainment.

12. Martin has forgotten to draw the curtains lately.

13. No one should take advantage of the saddened victim.

14. The winner thinks it's important to practice in winter.

15. He visited many fountains in Latin America, didn't he?

16. Those coins are neatly stacked.

17. This is a privatedly founded museum.

18. Supposedly we can't find a place to plug it in.

19. I am profoundly grateful.

20. Building a castle can be costly.

--- **Answer Key** ---

註：急停一拍處以一條底線表示

1. Their marriage is very sudden.
   [mærɪdʒɪz]   [sʌ_n]

2. This printer is jammed.
   [prɪnəɪz]

3. Please knock before you enter.
   [juwɛnə]

4. I definitely don't wanna smell the rotten eggs.
   [dɛfnɪlɪ]   [rɑ_nɛgz]

5. The farmers cast seeds around the castle.
   [kæsidzəraʊn]   [kæsl]

6. Your seat belt is loose. Please tighten it up.
   [sibɛldɪz]   [taɪ_nɪdʌp]

7. The sky lightened instantly after the rain.
   [sgaɪ] [laɪ_nd] [ɪnsdənlɪjæfdʒ]

單字或音節的開頭出現 [s] + [p,t,k]，[p,t,k] 會被唸成 [b,d,g]。

142

8. President Clinton enjoyed climbing the mountain.
[klɪ_nɪndʒɔɪ]　　　　　　　　　[mau_n]

"enjoyed" 的 "ed" 在字尾，下一個單字又不是母音，所以可以消掉不唸。

9. Let me introduce you to my image consultant.
[ɪnʒduʃu]　[də][maɪjɪmɪdʒ][kən'sʌl_n]

"consultant" 這個字的開頭很多人唸成 [kɑn]，其實是錯誤的。因為它的母音位於輕音節，所以弱化發音為 [kən] 就可以了。

10. Binladen had an interview with a war conrrespondent.
[hædənɪnʒvju]　[wɪðə]　　　[kɔrɪs'bɑn_n]

11. Many of the students think it's a good entertainment.
[mɛnɪjəv]　　　　　[θɪŋgɪzəgu]　　　[ɛnʒtenmən]

12. Martin has forgotten to draw the curtains lately.
[mar_nəz] [fʒgɑ_n]　　　　　[kʒ_nz] [le_lɪ]

13. No one should take advantage of the saddened victim.
[tegədvænədʒəv]　　　[sæ_n]

14. The winner thinks it's important to practice in winter.
[ɪmpɔr_n]　　　[sən] [wɪnɚ]

15. He visited many fountains in Latin America, didn't he?
[vɪzɪdɪ]　　[fau_nzɪn]　[læ_nəmɛrɪgə]　[dɪni]

第 16～20 題中，副詞的原字根若以 [t] 或 [d] 結尾，則 [t]、[d] 先消音，留下了一拍的小空檔之後，再加副詞字尾 -ly。大家可以仔細聽聽看唷！

16. Those coins are neatly stacked.
[kɔɪnzɚ] [ni_lɪ]

17. This is a privately funded museum.
[praɪvɪ_lɪ]

18. Supposedly we can't find a place to plug it in.
[sʌpozɪ_lɪ]　　　　　　　　[plʌgɪdɪn]

19. I am profoundly grateful.
[prəfaun_lɪ][gre_fəl]

20. Building a castle can be costly.
    [kæs!]   [kɔs_lɪ]

1. 他們婚結得很突然。

2. 印表機卡紙了。

3. 進來前請記得敲門。

4. 我絕對不想聞那些臭掉的雞蛋。

5. 農夫把種子播撒在城堡周圍。

6. 您的安全帶鬆了。麻煩繫緊。

7. 雨一停天空馬上亮了起來。

8. 柯林頓總統喜歡爬山。

9. 讓我為您介紹我的形象顧問。

10. 賓拉登接受了一位戰地記者的訪問。

11. 許多學生認為那是一種好的娛樂方式。

12. Martin 最近有忘了放下窗簾的記錄。

13. 沒有人應該佔那位傷心的受難者便宜。

14. 那個勝利者認為在冬天練習是很重要的。

15. 他參觀過許多在拉丁美洲的噴泉，不是嗎?

16. 那些錢幣被整齊地堆放著。

17. 這是一個私人出資興建的博物館。

18. 恐怕我們找不到地方插插頭。

19. 我深深地感激。

20. 造一座城堡要很花錢。

▶ S h o w t i m e !

[t] 與 [n]、「蜘蛛人」與「冷山」

無名英雄的悲情,蜘蛛人最知道。"Spiderman"第一集的預告片中,在飛岩走壁的鏡頭即將開始時,蜘蛛人以晦暗的口吻,在旁白裡低沉地道出了自己身份的衝突之處:"Who am I? You sure you wanna know…? If somebody told you I was just an average, ordinary guy, not a care in the world, somebody lied…" 當他說到自已並不 "ordinary" 時,他的發音是 [ɔr_nɛrɪ];其中的 [d],很明顯被消音了!還記得嗎?這就是 [t] 或 [d] 在一個母音與 [n] 的跟隨下,美式英語裡最常見的消音方式。這樣的情形在球場上也聽得見;籃球大帝 Michael Jordan 的名字,很多美國人是這麼說他的 last name:[dʒɔr_n]。[d] 同樣在母音與 [n] 前被拿掉了。

如果還是一直覺得很奇怪,總覺得自己沒聽過美國人這麼唸,你一定要試試妮可基嫚(Nicole Kidman)主演的「冷山」("Cold Mountain")這部片。雖然故事的場景設定在南北戰爭末期,裡面的口音可能會比較「古典」一些,但是畢竟不是每一個演員都受過嚴格的 speech training,摻點現代發音是在所難免的。再說,這部片裡的主要景觀,不就是那座淒美而孤絕的山嗎?從「mountain」這個字被唸到的頻率來看,想不聽到它被唸 [mau_n],簡直是不太可能!豎起你的耳朵來,租部DVD看看吧!跟這兩部電影裡都有點悲情的主角比起來,當劇情在行進時,唯一暗自竊喜的,可能只有聽到 [t] 或 [d] 一直如規則預測般被消音的我們吧…

只要用心聽,賣座強片也可以是你最好的英文老師。準備好多請幾位老師回家幫你忙了嗎?

Chapter 4

只要"Say it right"
天天都能"Listen smart"

用日常生活不常討論的長篇文章或偏政治、經濟、科學等一般人聊天時不一定會提到的主題，來當做所有變音規則的最後驗收，好像有一點可惜。畢竟學到的這些純正美式發音規則，就是要在與操純正美式發音的人短兵相接時，能讓對方聽得懂我們的發音與意念，進而也能了解對方所表達的內容。因此本書最後的練習，所收錄的是不管 speaker 的年齡或 background 在日常生活不同情境中，非常容易聽到或用到的美語單句。

　　同學們請確實 follow 書中的練習，讓之前的發音規則得以進一步落實在我們每一個人都用得到的句子裡。而上下班或上下學時，也可以藉由 CD 的輔助或轉錄成 MP3 的方式，按照老師建議的方式，讓自己隨時隨地藉由複習這些好用短句，不停強化腦中學過的發音組合。下一次跟美國人對話時，如果情境符合，你一口漂亮的美語發音跟道地口語句型就會不自覺的脫口而出。對於美國人說出的類似口語組合，一定也能以比閱讀本書前快上N倍的速度去意會與還原出它音變前的樣貌喔！到時同學們真的就能享受到用對的方式調整好自己的聽力體質後，既能 "say it right" 也能 "listen smart" 的最大學習樂趣喔！

本單元，請同學們確實 follow 以下步驟練習：
Evaluation（成果驗收）
1. 預測：每一個劃線句子的發音。
2. Repeat：聽 CD 修改答案後，跟著 repeat 數次至順口。

Reinforcement（強化練習）
1. 播放 CD 聽完問句。
2. 按下 CD Player 的 pause（暫停）鍵自己試著說出答句。
3. 播出 CD 的答句部份跟讀或修正自己發音。

✎ 趙老師的叮嚀

1）在練習答句時，請同學儘量以最快的速度，同時 cover 所有的音變
作用來唸出答句。

2）答句部份的 CD 錄音，若遇含音變作用的字組，第一次會以慢速，
拉長連音等單位，來朗讀音變後的版本，而不是一個一個單字獨立
分開慢慢唸，第二遍則以正常速度錄製快速唸法。同學們可以循序
漸進，由慢至快，絕對不會有慢速時字字分明，快速時卻一秒帶過
的學習斷層。

1 A：Who's in the limo?

B：It's our guest of honor.

A：禮車裡坐的是誰？

B：是我們的貴賓。

◎ limo
[lɪmo]

◎ guest of honor
[gɛsdəvɑnə]

> "guest" 裡的 [t] 前為子音 [s] 後為母音 [ə]，所以只強化為 [d]。

2 A：It's my turn.

B：Break a leg!

A：換我了。

B：祝你好運！

◎ break a leg
[bregəlɛg]

> "leg" 結尾子音 [g] 後面沒有可連音的單位，輕輕唸就好了喔！

3 A：I'm quitting no matter what.

B：Suit yourself.

A：不管怎樣我辭職辭定了。

B：隨便你。

◎ suit yourself.
[tʃ] / [dʒ]

> 原本發 [tʃ] 也可以，但因受到後面母音的強化，也可以唸成 [dʒ]。

4 A：Will he be promoted or not?

B：Everything is still up in the air.

A：他會不會升官啊？

B：現在還言之過早。

◎ is still up in the air
[ɪsdɪlʌbən]　[ɥijɛr]

> "the air" 接壤的部份都是母音，所以類母音 [j] 又來湊熱鬧了。

5 A：I've got a great idea.

B：I'm all ears.

A：我有一個好主意。

B：說呀，我在聽！

◎ I'm all ears
[aɪmɔlirz]

6 A：Wanna go for a spin after class?　　　◎ you're on
　 B：You're on!　　　　　　　　　　　　　　[rɑn]
　 A：下完課要不要一起去兜風？
　 B：好呀！就這麼說定囉！

7 A：We'd better dress up for the party tonight.　　◎ party
　 B：What should I wear?　　　　　　　　　　　　[pɑrdɪ]
　 A：今晚的派對我們最好穿漂亮一點。　　　　◎ what should I
　 B：那我該穿什麼去？　　　　　　　　　　　　[tʃʊdaɪ]

美式發音 "party" 中的 [t]，因為前有母音的朋友——流音 [r]，後有母音 [ɪ]，可以唸成 [d]。

8 A：I am starving to death!　　　　　　　◎ let's eat
　 B：Ok, let's eat.　　　　　　　　　　　　[lɛdzi]
　 A：我快餓扁啦～
　 B：走！去吃飯吧！

9 A：Can I go watch TV right now, mom?　　◎ finish up
　 B：Finish up your veggies!　　　　　　　　[ʃʌ]
　 A：媽，我可以去看電視了嗎？
　 B：把你的青菜吃完再說！

10 A：What's wrong?　　　　　　　　　　　◎ lights're on
　 B：Your lights're on.　　　　　　　　　　[laɪdzərɑn]
　 A：怎麼啦？
　 B：你的大燈沒關。

"lights" 的 [ts] 被縮寫後的 be 動詞 [ər] 給強化成有聲子音 [dz] 了喔！

11 A：Why are you looking at me like that?　　◎ fly is open
　 B：Uh...your fly is open.　　　　　　　　　[flaɪjɪzobən]

A：你幹嘛那麼看著我？

B：你的拉鍊沒拉。

12 A：This paper is killing me!

   B：When is it due?

   A：這份報告真的快整死我啦！

   B：什麼時候得交呀？

◎ when is it

[nɪzɪ]

13 A：Why don't you buy that cap you like?

   B：I'm out of cash.

   A：你為什麼不買那頂你喜歡的帽子？

   B：我沒錢啦。

◎ I'm out of

[aɪmaʊdəv]

14 A：Who went to the beach?

   B：Only two of us.

   A：誰去了海邊？

   B：只有我們兩個。

◎ two of us

[tuwəvʌs]

15 A：Tell me about you and Jennifer.

   B：Well, it was love at first sight...

   A：跟我說說你跟 Jennifer 之間的事嘛。

   B：嗯，我們算是一見鍾情。

◎ love at first sight

[lʌvə]

16 A：What did the folk dancers do?

   B：They danced arm-in-arm.

   A：那些民俗舞蹈家表演了什麼？

   B：他們手勾手跳舞。

◎ danced arm-in-arm

[dænsdɑrmənɑrm]

17 A：What's the matter?

B：I forgot to punch in.

A：怎麼啦？

B：我忘了打卡。

◎ forgot to punch in

[fɔrgɑdə] [pʌndʒɪn]

母音強化了 [tʃ]，讓它變成 [dʒ]。

18 A：What's wrong with the printer?

B：It ran out of ink.

A：印表機怎麼了？

B：沒墨水了。

◎ printer

[prɪnə]

◎ ran out of ink

[rænaudəvɪŋk]

19 A：You really shouldn't have said that to Jeff.

B：Whose side are you on?

A：你真的不應該跟 Jeff 那麼說的。

B：你到底是站在誰那邊的啊？

◎ whose side are you on

[husaɪdərjuwɑn]

20 A：May I speak to Mr. Franklin, please?

B：I'll put him on.

A：麻煩請 Franklin 先生聽電話。

B：我這就請他來聽。

◎ put him on

[pudəmən]

21 A：Who broke that desk lamp?

B：Beats me.

A：檯燈誰弄壞的?

B：我哪知道？

desk lamp

[dɛsglæm]

有兩個音變作用值得注意：
1. "desk" 的 [k] 受到了母音的朋友——
   流音 [l] 的影響，強化為 [g]。
2. 句尾的無聲子音 [p] 不唸的話也 ok！

22 A：So where do you live?

B：We live in an apartment.

A：你們住哪？

B：我們住公寓。

◎ live in an apartment

[lɪvənənəpɑrmən]

23 A：Do you think we will get a raise?

　B：Forget it!

　A：你覺得我們會加薪嗎？

　B：算了吧！

◎ forget it

[fɔrgɛdə]

24 A：Aren't you coming up for the barbecue at the beach?

　B：I'm up to my ears in work.

　A：你不來海邊烤肉嗎？

　B：我工作做不完了啦！

◎ I'm up to my ears in

[aɪmʌ]　　[maɪjɪrzən]

"up to one's ears in sth." 指的是某事已經多到快把個人淹沒了。（堆積起來的高度都到這個人的耳朵了）

25 A：I went to that fancy restaurant Harry told me about.

　B：Was it any good?

　A：我去了 Harry 推薦的那家餐廳了耶。

　B：真的好吃嗎？

◎ was it any good

[wazɪdɛnɪ]

26 A：Sarah gave me 25 bucks for the lamp she broke.

　B：That's more like it.

　A：Sarah 打破我的燈，賠了我二十五塊錢。

　B：這才像話！

that's more like it

[laɪgɪ]

27 A：There's water all over the floor.

　B：Watch your step!

　A：地板上到處都是水。

　B：小心走！

類母音 [j] 強化 [tʃ] 的發音成 [dʒ]。

◎ water all over

[wadəɔlovə]

◎ watch your step

[dʒur]

28 A：And our final offer?

　B：I'll leave it up to you.

◎ and our final offer

[ənaur] [faɪnḷovə]

A：我們最後的底限（開出的條件）呢？　　　◎ leave it up to

B：你來決定好了。　　　　　　　　　　　　[livədə]

29 A：Can I borrow your car?　　　　　　　　◎ don't even think of it

B：Don't even think of it!　　　　　　　　　[θɪŋɡəvɪ]

A：你的可以借我嗎？

B：休想！

30 A：Are you tired?　　　　　　　　　　　　　◎ not a bit

B：Not a bit.　　　　　　　　　　　　　　· [nɑdəbɪ]

A：妳累了嗎？

B：一點也不。

31 A：Do you think it's my problem?　　　　　◎ yes and no

B：Yes and no.　　　　　　　　　　　　　　[jɛsəno]

A：你覺得是我的錯嗎？

B：很難講（也不完全是）。

32 A：If I get a raise this year, I'll buy myself a Porche.

B：You'd better think twice...　　　　　　◎ If I get a raise

　　you don't even know how to drive!　　[ɪvaɪ][ɡɛdə]

A：如果我今年加薪了，我就去買一部保時捷！　◎ better

B：妳要不要再考慮一下！妳連車都還不會開！　[bɛdə]

> 要人 "think twice" 意思是要他三思而後行。

33 A：I haven't seen you for ages! How're you doing?

B：Same old, same old.　　　　　　　　　◎ same old

A：好久不見！最近好嗎？　　　　　　　　　[semol]

B：還不是老樣子。

34 A：Who did you go out with last night?　　　◎ go out with
　　 B：Mind your own business.　　　　　　　　[gowaʊ]
　　 A：你昨晚跟誰出去？　　　　　　　　　　　◎ mind your own
　　 B：不關你的事。　　　　　　　　　　　　　[maɪdʒʊron]

35 A：Hurry up or you'll be late!　　　　　　　◎ need to rush
　　 B：There's no need to rush.　　　　　　　 [nidə]
　　 A：快一點！要不然會遲到！
　　 B：不必這麼趕嘛！

36 A：Tom has been avoiding me.　　　　　　　◎ talk it over
　　 B：You two need to talk it over.　　　　　　[tɔgɪdovə]
　　 A：Tom 最近一直在躲我。
　　 B：你們倆該坐下來好好談一談啦。

37 A：So it was Jack our supervisor wanted?　◎ I'm sure of it
　　 B：I'm sure of it.　　　　　　　　　　　　[ʃʊrəvɪ]
　　 A：這麼說老闆真正屬意的是 Jack 吧？
　　 B：絕對沒錯。

38 A：Can I come in?　　　　　　　　　　　　◎ come in
　　 B：Just wait outside!　　　　　　　　　　 [kʌmən]
　　 A：我可以進來嗎？　　　　　　　　　　　◎ wait outside
　　 B：先等一下！　　　　　　　　　　　　　[wedaʊsaɪ]

39 A：What do I do with these papers?　　　　◎ put them in order
　　 B：Please put them in order.　　　　　　　[pʊdəmənɔrdə]
　　 A：這些文件該怎麼處理？
　　 B：請妳按照順序排好。

40 A：Could you proofread this memo for me?　◎ is it urgent
　　B：Is it urgent?　　　　　　　　　　　　　　[ɪzɪdɜdʒən]
　　A：妳可以幫我校正一下這篇備忘錄嗎？
　　B：你急著要嗎？

41 A：What's he looking for?　　　　　　　　◎ what's he
　　B：He can't find his white-out.　　　　　　[watsi]
　　A：他在找什麼？　　　　　　　　　　　　　◎ white-out
　　B：他找不到他的立可白。　　　　　　　　　[waɪdaʊ]

42 A：What does our monthly earnings report say?　◎ we're in
　　B：We're in the black.　　　　　　　　　　　[wɪərɪn]
　　A：我們這個月的營業報告怎麼說？
　　B：有盈餘呀！

43 A：Who's winning?　　　　　　　　　　　　◎ neck and neck
　　B：They're neck and neck.　　　　　　　　[nɛgənɛk]
　　A：誰贏？
　　B：比數很接近。

44 A：I need your help with the disc.　　　　◎ need your
　　B：I'll be right over.　　　　　　　　　　　[nidʒʊr]
　　A：我需要你幫我弄一下磁片。　　　　　　　◎ right over
　　B：馬上來。　　　　　　　　　　　　　　　[raɪdovɚ]

45 A：Why are you late?　　　　　　　　　　◎ why are you late
　　B：I was stuck in the traffic.　　　　　　[waɪjɚr]
　　A：你怎麼那麼慢啦？　　　　　　　　　　　◎ stuck in the traffic
　　B：塞車呀！　　　　　　　　　　　　　　　[sdʌgən]

46 A：Where to?

　　B：Drop me at Park and Dayton.

　　A：去哪？　　　　　　　　　　　◎ drop me at Park and Dayton

　　B：麻煩到公園街跟戴頓街口。　　　[mijə] [pargən] [de_n]

> "where to" 是 taxi driver 在我們一上車之後就會說的習慣問法。

47 A：What's so special about your product?

　　B：Our quality can't be beaten.　　◎ special about your

　　A：你的產品哪裡特別？　　　　　　[spɛʃələbaʊdʒʊr]

　　B：我們的品質無人能比。　　　　　◎ can't be beaten

> "beaten" 是 "beat" 的過去分詞 表示「被打倒」之意。　　[bi_n]

48 A：Did they call?　　　　　　　　◎ get back to us

　　B：Not yet; but I'm sure they'll get back to us soon.　[təwəs]

　　A：他們打電話來了嗎？

　　B：還沒有，但是我確定他們很快就會回電。

49 A：Do you think we can wrap up by this afternoon?

　　B：Fat chance.　　　　　　　　　◎ wrap up

　　A：你覺得我們今天下午之前做得完嗎？　[ræbʌp]

　　B：別想了。

> "up" 的無聲子音 [p] 不要唸太大聲唷！
> （其實字尾無聲子音不唸也是 ok 的…）

> "wrap up" 原本指的是把東西包起來。如果一件事能被「包起來」，就表示它不需要再被加工，已經完成了。

50 A：Are you into fine arts?　　　　　◎ you into fine arts

　　B：They are not my cup of tea.　　[juwɪndə] [faɪnɑrts]

> "you" 跟 "into" 接壤的單位均為母音，所以 [w] 出來串場了。另外，"into" 中的 [t]，因為前有母音的好朋友——鼻音、後有母音，於是變成了 [d] 唷！

A：你喜歡藝術嗎？　　　　　　　　　　◎ cup of tea

B：沒什麼興趣。　　　　　　　　　　　　[kʌbʌvti]

51 A：Have you listened to Alicia Keys' latest album?

B：Yeah, she really outdid herself this time. ◎ latest album

　　　　　　　　　　　　　　　　　　　[ledɪs][ælbʌm]

A：你聽過艾莉西亞．凱斯的最新專輯了嗎？ ◎ outdid herself

B：有啊！她這次真的超越自己了！　　　[audɪdɜsɛlf]

"outdid" 裡的兩個 "d"，左右鄰居都是母音 所以比照 [t] 被兩個母音包夾唸 [d] 喔！

52 A：Pete said he's transferring.　　　　◎ talk him out of it

　　Could we talk him out of it?　　　　[tɔgəmaudəvɪ]

B：You'd better sleep on it.　　　　　　◎ sleep on it

A：Pete 說他要調職了。我們能說服他放棄嗎？ [slibanɪ]

B：你在作夢。

53 A：Do you think we can ask Mr.　　　◎ for an extension

　　Van Meter for an extension?　　　　[fəənɛksdɛʃən]

B：Not much chance of that.　　　　　◎ much chance of

A：你覺得我們可以向 Van Meter 先生要求延期嗎？ [mʌtʃænsəv]

B：不太可能耶。

"of" 之後的單字如果接的是子音，則 [v] 輕唸就好 甚至只要門牙輕咬下唇就 ok 了，不要唸太用力喔！

54 A：Are you sure you can't come with us?　◎ with us

B：I've gotta stick around.　　　　　　[wɪðʌs]

A：你真的不能跟我們一起來？　　　　　◎ stick around

B：我得留下來。　　　　　　　　　　　[sdɪgəraun]

55 A：Everyone's had enough with Janet's bad temper.

　　B：You can say that again!　　　　　　◎ had enough

　　A：每個人都受夠 Janet 的壞脾氣了！　　[hædənʌf]

　　B：你說得沒錯。　　　　　　　　　　◎ that again

　　　　　　　　　　　　　　　　　　　　[ðædəgɛn]

> "again" 的唸法有兩種：[əgɛn]，或是 [əgen] 都可以的。

56 A：Joseph said he'll be coming to the reception.

　　B：Oh, so he can join us after all.　　◎ join us after all

　　A：Joseph 說他可以來參加接待會了。　[dʒɔɪnʌsæfdəɔl]

　　B：喔！這麼說他終究還是會來參加。

57 A：Watson's is selling everything for half price!

　　B：Sounds like an ideal time to stock up　◎ stock up on

　　　　on toilet paper.　　　　　　　　　[sdɑgʌbɑn]

　　A：屈臣氏現在每種商品都半價！

　　B：聽起來是囤積衛生紙的好時機。

58 A：Any word on the new credit manager?　◎ word on

　　B：Just that she's no pushover.　　　　[wɜdɑn]

　　A：有聽說新來的信用部經理人怎樣嗎？　◎ pushover

　　B：只聽說她不太好惹。　　　　　　　[puʃovəʳ]

59 A：I have to turn in two papers first thing tomorrow morning!

　　B：There goes your sleep tonight!　　　◎ goes your

　　A：我明天一早就得交出兩份報告！　　[goʒʊr]

　　B：你今天晚上甭睡了！

> 還記得 [z] + [j] = [ʒ] 嗎？

60 A：What took you so long?　　　　　　◎ took you

　　B：I got lost on my way to the MRT station.　[tʊgju]

A：你怎麼那麼慢啊？　　　　　　　　　◎ got lost on

B：我要去搭捷運的時候迷路了。　　　　　[gɑlɔsdɑn]

> "lost" 的 [t] 左邊是子音，右邊是母音，所以只能強化為 [d]。

61 A：Want some donuts?

B：No, thanks. I've got to get into shape.　◎ got to get into

A：要來幾個甜甜圈嗎？　　　　　　　　　[gɑdəgɛdɪndə]

B：謝了，我得再瘦一點。

> 仔細看會發現這幾個字裡的 "t"，左鄰右舍恰恰好都是母音呢！[d] 當然光明正大的上場囉！

62 A：Wow! It's so crowded!　　　　　　　◎ find out

B：Let's find out if there's any seats left.　[faɪndaʊ]

A：哇！這麼擠！

B：我們找找看還有沒有空位。

63 A：Mr. Miller's blood test results're in.　◎ results're in

B：What do they say?　　　　　　　　　　[rizʌldzɚɪn]

A：Miller 先生的驗血報告出來了。

B：上面怎麼說？

> "are" 的縮寫，連帶的也啟動了它的母音被弱化為 [ə] 的機制 —— 這個母音雖小，卻已足夠把 "resaults" 的字尾 [ts] 強化為 [dz] 了！

64 A：Do you have the time?　　　　　　　◎ It's a little after

B：It's a little after ten.　　　　　　　　[ɪdzəlɪdlæfdə]

A：現在幾點？

B：剛過十點。

> "it's" 尾的字本來是發到了冠詞 "a" 為母音的影響，被強化為有聲子音群 [dz]。這種情形很常見的唷！

65 A：Aren't you leaving for Europe tomorrow?　◎ packed and
　　All packed and ready to go?　　　　　　　[pækdən]
　　B：Uh-huh. I'm all set.　　　　　　　◎ I'm all set
　　A：你明天不是要去歐洲嗎？已經打包就緒了？　[aɪmɔlsɛ]
　　B：嗯，都準備好了。

66 A：I'm low on cash but I need to pay for the rent soon.
　　B：Why don't ask your dad for help?　　◎ low on
　　　　All he can do is say no.　　　　　　[lowɑn]
　　A：我缺錢，但是快繳房租了耶！　　　　　◎ All he
　　B：你怎麼不向你爸開口呢？他大不了不幫啊。　[ɔli]

67 A：Don't you think you're underpaid?
　　B：Yeah. I should get another job.　　◎ should get another
　　A：妳不覺得妳的薪水過低嗎？　　　　　[ʃugɛdənʌðə]
　　B：嗯，我應該換份工作。

68 A：Do I have to include my cell phone number in the form?
　　B：I think it's optional.　　　　　　◎ think it's optional
　　A：表格上一定得填寫我的手機號碼嗎？　[θɪŋgɪdzɑpʃənəl]
　　B：可填可不填吧！（optional = 可選擇的）

仔細一看 "it's" 的字尾又被母音強化為 [dz] 了！

69 A：My supervisor said we could switch shifts.　◎ wish ours
　　B：I wish ours would let us do that.　　　[wɪʃaʊrz]
　　A：我的主管說我們可以調班。　　　　　◎ would let us
　　B：希望我們的主管也能准許我們這麼做。　[wʊlɛdʌs]

70 A：I need to use the bathroom　　　◎ don't shake your

before we go.   [dɔntʃegjur]

B：OK. But we'll be late if you
    don't shake your leg!

A：出發前我得上一下廁所。

B：好。不過要快一點，否則
    我們會遲到喔！

"don't" 的結尾是 [t]，跟 "shake" 的開頭 [ʃ] 碰在一起後，是不是就產生了 [tʃ] 的化學作用了呢？

71 A：Mr. Murphy's never in a good mood.   ◎ never in a

B：I know-and it gets on my nerves sometimes.   [nɛvəɪnə]

A：Murphy 先生老是悶悶不樂。   ◎ And it gets on

B：對啊！有時候我覺得他那樣很煩。   [ənɪgɛdzɑn]

72 A：Would you like to place the order now?   ◎ the order

B：Let me think about it.   [ðijɔrdə]

A：您準備下訂單了嗎？   類母音 [j] 來串場了！

B：我想想看。   ◎ think about it

                   [θɪŋgəbaʊdɪ]

73 A：Thanks for the bouquet. It's lovely.   ◎ glad you liked it

B：I'm glad you liked it.   [glædʒulaɪkdɪ]

A：謝謝你的花，好漂亮喔！

B：你喜歡就好。

"glad" 字尾的 [d] 與 "you" 開頭的 [j] 融合成了 [dʒ] 的發音。

74 A：What's the matter? You look sick.   ◎ slam on

B：Um...just don't slam on the brakes, please.   [slæmɑn]

A：怎麼了？你臉色有點蒼白唉！

B：嗯…煞車可不可以不要踩那麼猛呢？

75 A：What a lovely shirt!   ◎ Is it on sale

B：Is it on sale?   [ɪzɪdɑnsel]

A：好正的襯衫喔！

B：有做特價嗎？

76 A：Where are you going?

B：To the restroom. I'll be back in a minute.

A：你要去哪兒？

B：上廁所。我去一下就回來。

◎ restroom

[rɛsrum]

◎ back in a

[bæginə]

"restroom" 裡緊鄰著的兩個無聲子音 "st"，只剩 "s" 還留下來。

77 A：Is this book yours?

B：Yes. My name's on it.

A：這本書是你的嗎？

B：對。上面有寫我的名字。

◎ name's on it

[nemzɑnɪ]

78 A：So you don't have cotton pants?

B：Sorry. These are all we have.

A：所以說你們沒有純棉的褲子囉？

B：不好意思，我們所有的貨都在這裡了。

◎ cotton pants

[kɑ_n]

◎ These are all

[ðizɚɔl]

79 A：Wow! Check out that fancy convertible!

B：Does it have an airbag?

A：哇！看一下那部超炫的敞篷車！

B：有安全氣囊嗎？

◎ Check out

[tʃɛgau]

◎ have an airbag

[hævənɛrbæg]

80 A：Do you think the Lakers will win?

B：I wouldn't bet on it.

A：你覺得湖人隊會贏嗎？

B：那可不一定。

◎ wouldn't bet on it

[wu_n] [bɛdɑnɪ]

81 A：Are you sure?
B：No doubt about it.
A：你確定嗎？
B：百分之百確定。

◎ doubt about it
[daʊdəbaʊdɪ]

· ·

常用片語一點靈

2 break a leg：祝你好運
雖然 "break a leg" 字面上是「把腿摔斷」，卻是祝福的話。美國人相信，先把壞事說破了，好事就會臨門！

4 be up in the air：還沒有著落
當事情還沒底定，像飄在空中的塵埃可以說這件事仍然 "up in the air"。

5 be all ears：洗耳恭聽
若一個人全身上下都長滿了耳朵，他唯一能做的事就是專心聆聽囉！

6 go for a spin：去兜風
"spin" 是「旋轉」。"go for a spin" 指出去蹓蹓、繞一圈的意思。

7 dress up：盛裝打扮
"dress" 當成動詞是「穿衣服」的意思。加了 "up"，表示打扮得更用心、穿得更正式。

8 starve：挨餓
肚子餓是 "starve"；如果餓得受不了的話，則可以說 "I'm starving to death."（我快餓死了）。

9 veggie：蔬菜
"veggie" 是蔬菜 "vegetable" 比較俏皮或口語的說法。

10 lights're on：燈開著
（大）燈開著可以說 "the lights're on"；沒開則說 "the lights're off"。

12 sth. is killing sb.：某事讓某人吃足了苦頭
"kill" 原本是「殺」的意思。在這個片語裡面只是比喻性的用法，指一件事情讓人覺得生不如死。

13 be out of：缺乏
用法跟 "run out of" 很像，都是指「用光」或「缺乏」的意思。

15 love at first sight：一見鍾情
"at first sight" 原本是「乍看之下」的意思；如果一看就產生 "love"，指的當然是「一見鍾情」。

16 arm-in-arm：手勾手
如果是「手拉手」則是說 "hand-in-hand"。

17 punch in：上班打卡

"punch"是動詞，原本的意思是「打擊」。如果打（punch）了卡就進了（in）公司，指的應該就是去上班囉！

18 be on one's side：站在某人那邊的

"I'm on your side." 意思是「我是跟你同一邊的」。如果在爭執中，沒有特別偏心哪一方，則可以說 "I'm on nobody's side."。

21 Beats me.：考倒我了

"beat"是「打」，但 "Beats me" 這句口語的意思是指對方說的話讓聽的人無言以對；或對方問的問題，聽的這方不知道答案。

在句法上省略了原有的主詞－"（Your question）beats me." 因此，大家切記要把 "Beats" 的 "s" 發出來，否則，少了第三人稱單數的 "s"，就成了命令句 "Beat me！"！別人聽了，會以為我們在討打呢…。

28 leave sth. up to sb.：把某事留給某人決定

"I'll leave it up to you" 跟我們一般說的 "It's up to you." 意思差不多。

31 yes and no：不完全對

當對方說的話，讓我們覺得有些地方有道理，但有些論點卻不甚正確時，可以說他的說法是 "yes and no"。

32 think twice：三思而後行

"think twice" 的意思跟中文的「三思而後行」是一樣的意思喔！我們行之前會「三思」，美國人只有「兩思」…好像我們比較謹慎喔～（有種贏過他們的感覺～nice！）

33 Same old，same old.：還是老樣子

當被人問到近況時，可以不用每次都強顏歡笑或很客氣的說 "I'm fine. Thank you. And you?" 特別是生活乏善可陳時，還要這麼ㄍㄧㄥ的回答…其實有點辛苦。你大可回答 "Same old，same old" 甚至是 " Can't complain"（馬馬虎虎，還過得去啦）。

36 talk sth. over：（針對某事）好好的談一談

這個片語通常是在雙方有心結或狀況複雜、需要釐清時使用。跟 "straighten things out"（將事情的是非曲直說清楚），是很接近的用法。

42 be in the black：有盈餘的

"be in the black" 並不是我們一般口語講的「黑掉了」，而是恰好相反－表示有賺到或存到錢的意思。若是虧損或負債的話則是用 "in the red"（赤字）來表示。

43 neck and neck：平分秋色

當兩匹馬並駕齊驅時，牠們脖子的位置應該是很相近的；因此，"neck and neck" 就是比喻雙方在競賽中不分軒輊的意思。

45 be stuck in sth.：被某事物困住

"stuck"是動詞"stick"（黏）的過去分詞；"be stuck in the traffic"則是指被「卡」在車陣中、動彈不得。

49 fat chance：絕對不可能
大家常說當機會來敲門的時候要把握；但如果機會女神「爆肥」（Fat chance），可能連門都擠不進來時，反而變成「沒機會」或「不可能」了…這個口語很常聽見，也挺傳神的！

50 be into sth.：喜歡
當一個人對某件事物很喜歡時，一定容易投入；既然「投入」，那麼"into"這個字出現在這個片語裡當然是很合理。

50 cup of tea：擅長之事
每一個人喜歡喝的茶，口味可能都不太一樣；從"cup of tea"衍生出來的意義，指的就是一個人喜歡、或專精的事物－相信認真練習完這本書的大家，也可以大聲的說："English is definitely MY cup of tea!"囉！

54 stick around：留下來；多待一會兒
"stick"是"黏"的意思。如果被"黏"在原地，就表示無法脫身。因此，被延伸為"留下來"或"多待一會兒"的意思。

57 stock up on sth.：囤積某物
"stock"當成動詞，是"囤積"的意思。所以，"stock room"指的就是儲藏室。

59 There goes sth.：某事物泡湯了

64 Do you have the time?：請問現在幾點？
跟"Do you have time"只差在有沒有定冠詞"the"，但前者問的是現在時間，後者則是向聽的人要時間。

65 be all set：準備好了
用法跟"be ready"是差不多的。

70 shake one's leg：加緊動作
"shake"這個詞是"搖"的意思。但是"shake one's leg"不是要人很不雅觀的抖腿，而是希望對方加緊腳步、動作加快喔！

71 get on one's nerves 使某人心煩不安
"nerve"原指「神經」，加了複數字尾"s"，意思變成「緊張或不安」。因此"get on one's nerves"就是指某人或某事物，讓另一個人讓產生負面情緒。

72 place the order：下訂單；點菜

73 slam：猛然關上或踩下
"slam"這個動詞看看之下好像有點眼熟…。沒錯！漫畫「灌籃高手」英文就寫作"Slam Dunk"！可想見"slam"是個很激烈的動作。當某人站在門口，而你狠狠的把門甩上，英文可以說："I slammed the door in his / her face."。

················· **The end**

167

英語力UP!：說出好聽力 / 趙御笙著. -- 2版.
-- 臺北市：笛藤, 2019.01
　　面；　公分
ISBN 978-957-710-745-9(平裝)

1.英語 2.讀本

805.18　　　　　　　　　　107023003

英語力UP! ↑　　附MP3

説出好聽力
Say it right!

2020年11月24日　2版第2刷　定價220元

作　　　者	趙御笙
編　　　輯	羅金純、顏偉翔
編 輯 協 力	斐然有限公司
封 面 設 計	王舒玗
總 編 輯	賴巧凌
編 輯 企 劃	笛藤出版
發 行 所	八方出版股份有限公司
發 行 人	林建仲
地　　　址	台北市中山區長安東路二段171號3樓3室
電　　　話	(02) 2777-3682
傳　　　真	(02) 2777-3672
總 經 銷	聯合發行股份有限公司
地　　　址	新北市新店區寶橋路235巷6弄6號2樓
電　　　話	(02)2917-8022・(02)2917-8042
製 版 廠	造極彩色印刷製版股份有限公司
地　　　址	新北市中和區中山路二段380巷7號1樓
電　　　話	(02)2240-0333・(02)2248-3904
劃 撥 帳 戶	八方出版股份有限公司
劃 撥 帳 號	19809050